Von Rittern, ihren Waffen, Sagen und Geschichten

Jörg-Reiner Mayer-Karstadt

Von Rittern, ihren Waffen, Sagen und Geschichten

Jörg-Reiner Mayer-Karstadt

Bibliografische Information der Deutschen Nationalbibliothek: Die Deutsche Nationalbibliothek verzeichnet diese Publikation in der Deutschen Nationalbibliografie; detaillierte bibliografische Daten sind im Internet über http://dnb.dnb.de abrufbar.

Die automatisierte Analyse des Werkes, um daraus Informationen insbesondere über Muster, Trends und Korrelationen gemäß §44b UrhG („Text und Data Mining") zu gewinnen, ist untersagt.

© 2024 Herausgeber: Jörg-Reiner Mayer-Karstadt

Titelbild: Aus Bestand vom Autor

Verlag: BoD · Books on Demand GmbH, In de Tarpen 42, 22848 Norderstedt

Druck: Libri Plureos GmbH, Friedensallee 273, 22763 Hamburg

ISBN: 978-3-7693-1132-7

Inhaltsverzeichnis

Von Rittern

A schwäbisch Minne

I dät gar geara froahlocka

ond voar deim Bettstättle hocka.

Of deinr Bettvoarlag froah

ond wärs au blos os Schtroha.

Ond dät me gar gfreia

So bei dir zom seia.

Dees gat halt jeatz net

drom gang i en **mei** Bett.

Wensch dr a guats Nächtle drzua.

Nau hascht vor mir a Ruha.

Diea Minne ischt halt

wiea a Lichtong em Wald.

Diea wo dr net ghert

au wenns noo soo begehrt.

Dau bleibt dr ds Maul trucka.

Dau kaascht noo soo gucka.

Noblichte Rittrfrouwa send

wiea a Wolka em Wend.

Ond ehane zur groaße Ehr

duat ma gar vieles ond meahnr.

Diea hochwohledle Frouwa send

fr dii net erreichbar, wiea dr Wend.

Ds Minneleaba geit am Maa

dees, was´r nieanet haba kaa.

Nur sie fuirig Herz

fliegt dau hemmlwerts.

Die Rüstung im Gewölbe

In einem schaurig tiefen Gewölbe stand

eine Rüstung vor der Wand.

Mit einer Stütze aufgestellt

blicken die Helmschlitze in die Welt.

Gar kühl ist's hier im tiefen Keller

und Kerzenlicht macht's auch nicht heller.

Die Kerzen flackern nicht einmal.

Kein Wind stört ihres Lichtes Strahl.

Und als ein Geist, hoch an der Wand

ist der Rüstungsschatten hin gebannt.

Schwarzdunkle Nacht liegt über allem,

sind die Kerzen ausgefallen.

So steht die Rüstung seit zig hundert Jahren.

Der Rost ist auch längst in sie gefahren.

Einst Schutz und Trutz eines edlen Herrn,

hat sie heut nichts mehr abzuwehren.

So steht sie da und unterdessen

wird sie nach Jahren ganz vergessen.

Und sollte sie einmal wer entdecken,

wird der sich dann vielleicht erschrecken.

Rüstung im Gewölbe

En Ritter uf sinem Rosse saz

En Ritter kummt dahere gritten

unde saz uf sines Rosses Mitten.

Er saz dort lobebar und fest ine sinem Sattel.

Da saz er tief unde ohn gewackel.

En Helme uf, über sinem Schopf.

Der sicht gar us as wie en Topf.

Die „Halsberg" folget drunter am Hals,

die hier ehern schützet allenfalls

als Deckel für den Harnisch der Brust

und ließ nur Platz zue des Ritters Durst.

Zur Linken, hing am Cinculum sin Swert

mit deme er sich manniglich wehrt.

Zur Rechten am Cingulum der Tegen hing.

Der ist gewesen ein Halsbergstichling.

Der Stritehammer hing oche dorten dran.

Waz fehlt nu noch zue deme ganzen Mann?

Der Glen - die Lanze, lang unde spitz

lag quer über sinem Sattelsitz.

Mit der Henze der rechten Hand halt er gekunnt,

den Glen / die Lanze, waz ihme gut zuekummt.

Mit der Henze, eisenbewehrt am Schoss

lenkt er mit links sin treues Ross.

Uf dem Rücken traget er als hintern Schutz

sin Schild unter Helmes Federbusch

der rücksichtig den Helm noch ziert

unde weithin sichtbar den Herrn hofiert.

Im Schilde führet er sin Wappen.

Daran kennen tun ihn Herolde und Knappen

unde oche ander Herrn, die er stark bestand,

wie bisher, mit siegreicher Hand.

En Ritterrock er trug unterm untren Harnischrand
mit deme Wappen geziert und mit Cingulumband.

Mit ehern Dichling geschützet sin Beine

unde ehern Schuhwerk wunderfeine.

Dran stritebar fest gschnallt sin Sporen.-

So ward er as Ritter zum Manne erkoren.

Daz gab daz Ebenbild eins geschanzten Recken.

En Ritter ine strahlender Rüstung mit Ross unde
mit Glen.

En jeglichder sicht von Nah unde Fern,

da kummt en Ritter, des Volkes Herrn.

Also ritt er uf dem Tunayplatze ine.

All edle Frouwen voll Froiden sine.

Der Knappe deme Herrn sin Banner schwingt.

En Barde dazu laut, freche Verse singt.

En Striteross as man es gar selten sah,

mit güldenen Zaumzeug unde Rossdecken gar.

En Ritter kummt dahere gritten

unde saz uf sinem Rosse zer Mitten.

Ritter uf sinem Rosse

Es kam ein Herr zum Schlössli

Es kam ein Herr zum Schlössli...

(Teilauszug aus einem alten Kinderreimbuch:

Heinrich Wolgst, ausgewählt und Josef Mauder - Buchschmuck.

Buchverlag der Jugendblätter 1912, München II, Schillerstraße 28)

Es kam ein Herr zum Schlössli

auf einem schönen Rössli,

da guckt die Frau zum Fenster ´naus

und sagt: „Mein Mann ist nicht zu Haus!

Und niemand da als Kinder

und in dem Stall die Rinder!"

Der Herr auf seinem Rössli

sagt zu der Frau im Schlössli:

„Sinds gute Kind´, sind´s böse Kind´,

ach liebe Frau sagt mir´s geschwind."

Die Frau die sagt: „Sehr böse Kind´,

die folgen der Mutter gar nicht geschwind!"

Da sagt der Herr: „So reit´ ich heim.

Dergleichen Kinder brauch ich kein´n."

Und reit´ auf seinem Rössli

weit, weit hinweg vom Schlössli.

----- *Hier endet das alte Kinderlied!* -----

Hier nun die weiteren neuen Verse die erklä-
ren, warum der Herr wieder davonritt!

Ich sah die Heimat schön im Sonnenlicht,

doch meine Frau erkennt mich nicht.

Zu Jerusalem zum Kreuzzug gar

war ich nun fort, bald sieben Jahr´.

So reit´ ich heim, doch nicht nach Haus´.

Niemand guckt mehr zum Fenster ´naus.

Jerusalem nun mein´ Heimat ist.

Hab´ Frau und Kind´ dort sehr vermisst.

Als Kreuzritter wohn´ ich bei Jerusalem.

Auf Burg Montfort nicht sehr bequem.

Der Deutsche Orden ist nun mein Daheim.

Mein` Frau und Kind´ sind nicht mehr mein.

Ich mich mein´s Alters Tage beuge.

Des kämpfens bin ich müde heute.

Sind auf der Flucht vor Sarazenen,

die vielen von uns dass Leben nehmen.

Schaff´ ich´s bis Kreta, oder nicht?

Da zählt wohl unser´s Gott´s Gericht!

Die Meinen nicht am Grabe steh`n.

Muss still und heimlich von ihnen geh´n.

So ging es manchem tapf´ren Mann.

Sein Leben im fernen Land zerrann.

Burg und Familie sah er nie mehr.

Unglücklich sind beide Seiten sehr.

Im Himmel ich dann Einzug find´,

Treff da dann Frau und Kind´ geschwind.

Ich hoff´, dass Gott dies mir nicht verwehr.

Ich bitt´ ihn d´rum, bei meiner Ehr.

Im stillen Hag

Im Hag fand ich ein Mägdelein

gar wunderhold unde zart und fein.

Min Herze sprang vor Froiden.

Ich hab in min Leben

nichts schönres mehr gsehen.

Schlank, zierlich, groß und wunderbar.

Ir brounen Ougen, ir dunkles Haar,

mein stockete schier der Atem.

Ir Ougen glänzeten im Sonnenlicht,

so, dasz mir binahen daz Herze pricht.

En Traum, en feenhaftes Wesen

ist sie für min gewesen.

Sie spracht: „Ich heisze Adelheid

Unde kumm oche us der Ritterszeit!"

Waz für en gelückelich Rittersmann

der solche Frouwe haben kann.

Unde, wie sie kam, war sie entschwunden!

Kein´ Fuszabdruck hab´ ich gefunden.

En Wunschgedanke spielte mir wohl den Streich,

als ich im Moose lag so weich

unde träumend in die Sonne schau´.

Min Herze hat sie mitgenommen,

die wunderholde, schönste Frouw.

Der Waldweg

Im tiefen Wald

27

Der Brief an Herre Peter, der Dentatus von Eichberg

Mei iieabr Petr, i muaß scho saga,

„an deim Schwäbsch dau geits nix zom klaga,
deine Biachla gherat end Schula nei,

dass a jedr learnt dees Schwäbisch glei.

Ond au d Schtudente sottats hau,

daß aweng meah vom Hoachdeitsch lau.

Es ischt mei Schwäbisch, wieras so ischt,

aweng andrscht als dees Deine ischt.

Ond grad dees machts nau eaba aus,

dees ändrt se von Haus zua Haus.

Ma sotts net glouba, dees icht wauhr, dees wär,

a Fremdr hätt drmit Malheuer.

Franzeschisch, wiea Du seischt zua mir

ischt fr oos Schwauba koi plasier.

Au a bessers Englich hand mir Schwauba noo.

So mancher woißt dees net, dees ischt halt soo.

Dei Biachla machat mr a groaße Freid.

Drom sage mein Dank Dir drmit heit.

Hau´s gleasa ond fr guat befonda.

Dau schlag mei Herz noo lange Schtonda.

So hoimalig und herzlich fei,

so kaa blos osr Schwäbisch sei.

A Griassle vom

Schwauba Jörg, Ritter von Hürnheim und all seinen weiten Landen.

Dentatus vom Eichberg

Ritter sein dagegen schwer...

So manchen frühren Rittermann hielts nicht in seinem Haus.

Als Junker, starker Knappe dann, zog er ins Feld hinaus.

Und hatte er sich dort bewährt, nahm man ihn auf ins Fähnlein.

Ein Recke dieses Fähnlein führt in manche Schlacht hinein.

Doch bis man so dazugehört, kämpft man erst um die Ehr.

Zu Hause sitzen ist gar leicht, Ritter sein dagegen schwer.

Erst wenn von Narben man bedeckt, dann gilt man als ein Mann.

Die Hand sich nach eignem Fähnlein reckt beim Ritterschlag sodann.

Man wirbt sich nun ein eignes Fähnlein oder man bleibt allein.

Als Recke, eisenschwer bedeckt, gehts in den Kampf hinein.

Doch bis man so dazugehört, kämpft man erst um die Ehr.

Zu Hause sitzen ist gar leicht, Ritter sein dagegen schwer.

Ein starkes Streitross, Schwert und Lanze, seinen Spiegel auf dem Schild,

das ist des Recken ganze Freude und, dass sein Wort stets gilt.

Sein Morgenstern und Streitaxt blitzen, tritt er dann auf den Plan.

Seine Junker und Knappen ihn seitwärts schützen,

so bricht er sich die Bahn.

Doch bis man so dazugehört, kämpft man erst um die Ehr.

Zu Hause sitzen ist gar leicht, Ritter sein dagegen schwer.

Und hat einer so viel erlebt, dann kann er davon singen.

Die Stimm vorm Burgtor er erhebt um neue Kund zu bringen.

So wird er nun zum Fahrensmann und ziehet durch alle Lande.

Ein Minnesänger ist er dann und singt zu seiner Laute.

Doch bis man so dazugehört, kämpft man erst um die Ehr.

Zu Hause sitzen ist gar leicht, Ritter sein dagegen schwer.

Er singt von großen Heldentaten, von Königen
und Krieg und Tod.

Von Ländern, Menschen und von Weiten und
auch von bittrer Not.

So manchem nicht nach dem Gemüt, grad
wenn's die Wahrheit ist.

Auch oft ein Herz für ihn erglüht, das er manchmal vermisst.

Doch bis man so dazugehört, kämpf man erst um
die Ehr.

Zu Hause sitzen ist gar leicht, Ritter sein dagegen
schwer.

Die Minne verleiht er einer hochwohledlen Frau,
die er wird nie erreichen.

Heldentaten erbringt er für sie

und schützt sie ohnegleichen.

Und ist er dann etwas betagt,

so kehrt zur Burg er heim.

Ein Lehen vom Kaiser bekommen er hat, Reichs-freiheit all den Seinen.

Doch bis man so dazugehört, kämpft man erst um die Ehr.

Zu Hause sitzen ist gar leicht, Ritter sein dagegen schwer.

Er zieht den Zehend von den Bauern ein und nimmt sie in die Fron.

Kerker, Hals- und Hochgericht jedem lauern, der nicht bringt den geforderten Lohn.

Da ist er Herr in seinem Land. Mit keinem wird er teilen.

Sein Wort gilt als Gesetz alsdann und jeder muss sich eilen.

Doch bis man so dazugehört, kämpft man erst um die Ehr.

Zu Hause sitzen ist gar leicht, Ritter sein dagegen schwer.

Im hohen Alter, weise, weiß und schwach liegt er auf seinem Bett.

Und seine engst ihm Anvertrauten sprechen ein letzt´ Gebet.

Aufraffend, letztmals als ein Mann der niemals sich gefürcht´,

fällt er zurück, schnauft aus sodann. Der Tod ihn niederwürgt.

Doch bis man so dazugehört, kämpft man erst um die Ehr.

Zu Hause sitzen ist gar leicht, Ritter sein dagegen sehr.

Hat er´s nun jedem recht gemacht? Geführt mit starker Hand.

Zu seiner Ehr noch ein Tunay, ein Tjost, man stählt die Brust.

Dann bettet man ihn in die Gruft! **„HEIL!"**, dem neuen Herrn man ruft.

Ein Epitaph zeigt später an: „Hier liegt ein rechter Mann."

Doch bis man so dazugehört, kämpft man erst um die Ehr.

Zu Hause sitzen ist gar leicht, Ritter sein dagegen schwer.

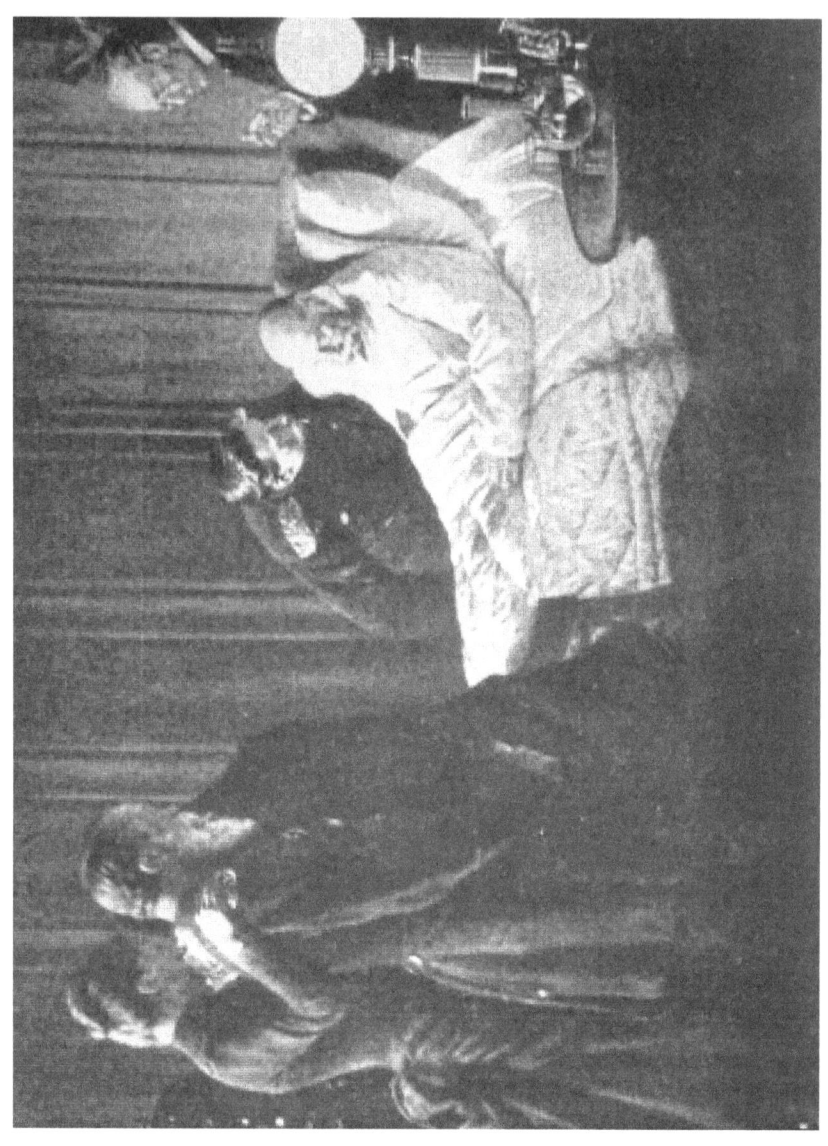

Am Sterbebett

Ritters Waffen

Das Schwert (meine Schwerter)

Das Schwert

Von jedem Herrn ist es begehrt
und wird es stolz getragen.
Das Herrenzeichen ist das Schwert
an allen Jahrestagen.

Auch dient´s zum Kampfe und zum Streit,
wenn man zur Wehr sich setzt.
Mit kräftigen Hieben kommt man weit,
der Gegner wird verletzt.

Und wenn´s gelingt, dann ist er tot,
dann hat man Ruh´ vor ihm.
Sein Schwert macht uns dann nicht mehr Not,
es ist nun meins dazu.

Das Schwert ist spitz und scharf dazu
und breit bis schmal und lang.
Gut in der Faust liegt es dazu,
da wird uns nicht mehr bang.

Der Klingenstahl er glänzt und blitzt.
Es spiegelt sich die Sonne.
Im Kampf damit so mancher schwitzt,
kämpfen ist keine Wonne.

Die Parierstange schützt Faust und Körper,
sie wehrt den Hieb ab der dir droht.
Mein Gegenangriff wird drauf stärker,
der andre hat dann große Not.

Am Schwertgriff ist am End´ ein Knopf.
Man nimmt das Schwert an der Klinge,

haut dem Gegner den Knopf auf Helm und Kopf,

dass blutig die Haare sie ringeln.

Auch Henkershand hat zum Gebrauch

das Schwert zum Beruf ausüben.

Du kniest und hebst den Kopf hoch auf.

Er schlägt dir ab dein´ Rüben.

Richtschwerter

Die Lanze

Der Lanze harte Eisenspitze
die sitzt auf starkem, langem Speer.
Aus Hartholz ist der lange Stamm,
dies hilft dem Recken sehr.

Mit der Eisenfaust lenkt man die Spitze
dem Gegner auf die Brust.
Dass dieser weit aus seinem Sitze
zur Erde nieder muss.

Die Rüstung wird gar oft durchstochen,
der Gegner schwer verletzt.
Die Wucht hat Knochen auch gebrochen,
der Feind oft stirbt zuletzt.

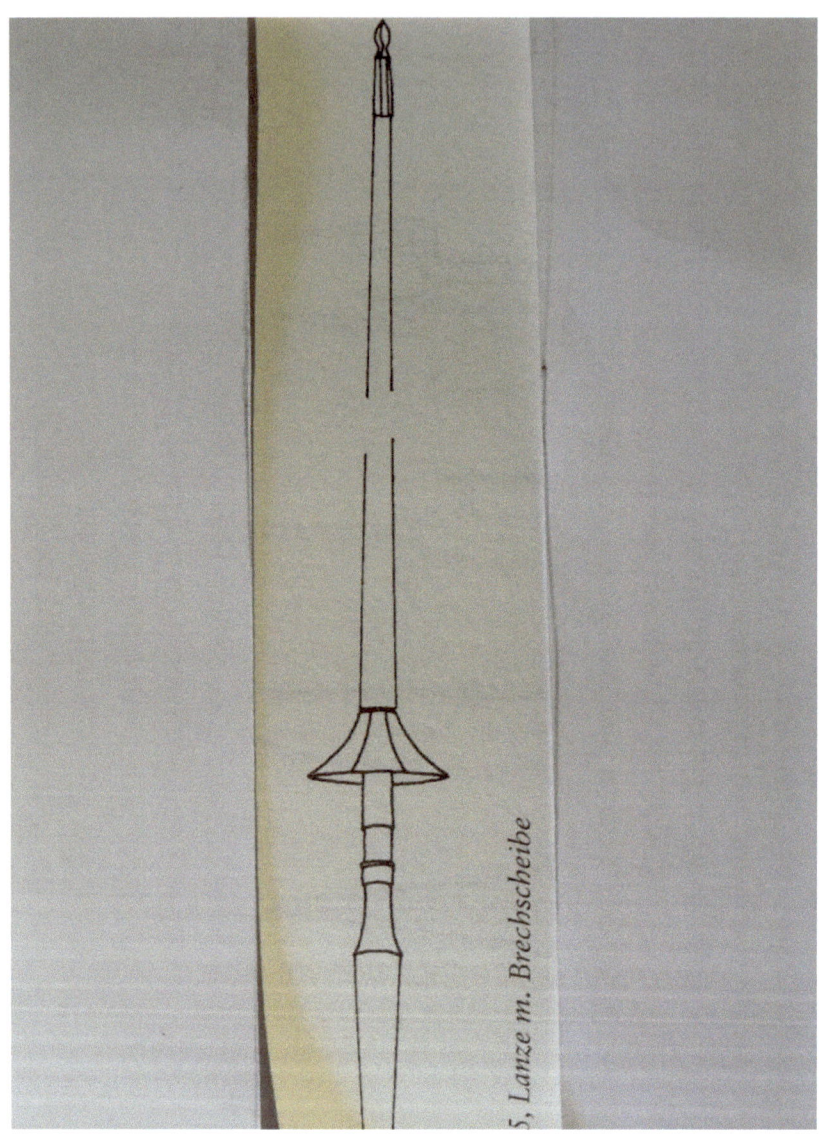

5, Lanze m. Brechscheibe

Die Lanze

Eine leichte Lanze ist der Ger
vom Pferd aus und vom Boden.
Er dient zum Wurf und Stechen sehr.
In der Faust gut ausgewogen.

Gut zwanzig Meter weit ins Ziel,
mit starkem Arm geschmissen,
erreicht er meist das gewollte Ziel,
man will ihn nicht gern missen.

Doch einmal geworfen ist er fort
und du musst nach ihm laufen.
Beim Ziel findest du ihn vor Ort
der Feind erwartet dich zu Haufen.

Vom Pferd aus kannst du beides tun,
ihn werfen oder mit ihm stechen.

Lass ihn in deiner Faust hier ruhn,

so kannst du mehrfach stechen.

Speerwerfer auf Pferd

Der Dolch

Der Dolch ein spitzer Stichling ist,

durch Rüstungsfugen dringt er ein.

Im nahen Kampf er bester Freund dir ist,

dein Stich in den Hals, des Gegners Pein.

Er ist zum „Meucheln" das Gerät,

er ist sehr scharf und auch sehr spitz.

Eine jede Lücke er finden tät,

dringt durch jeden Rüstungsschlitz.

Der Gegner dies genau so weiß,

da musst du sein auf großer Hut.

Er setzt ihn ein mit großem Fleiß,

das tut dir auch nicht gut.

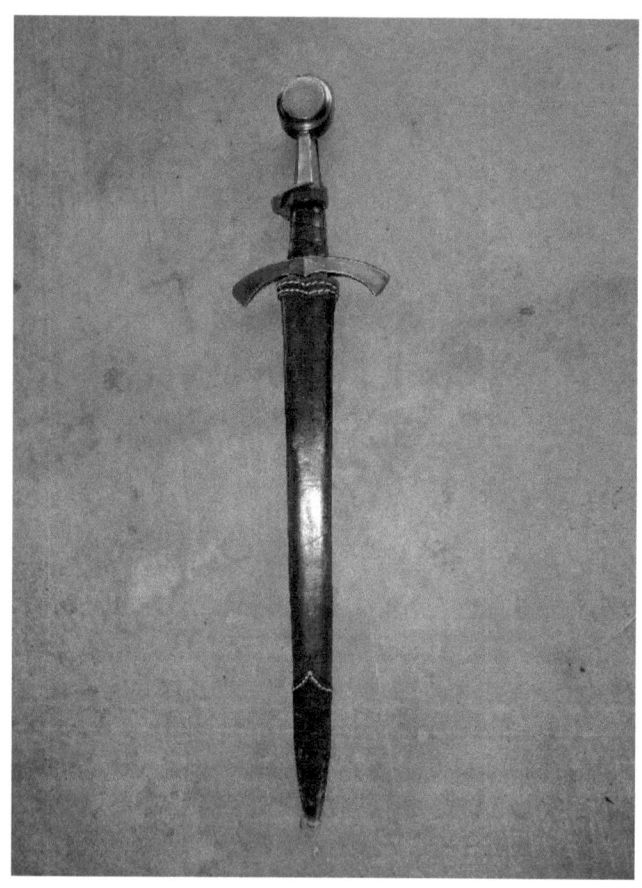

Dolch

Der Streithammer (Rabenschnabel)

Der Streithammer hat zwei Seiten,

die eine spitz, die andre breiten.

Sodass man mit der Spitze dann,

Helm und Kopf einschlagen kann.

Auch durch die Rüstung dringt er ein,

der Gegner leidet starke Pein.

Auch mit des Hammers flacher Bahn

kann man viel Unheil stellen an.

Mit einer Schlaufe ums Handgelenk

wird er vom Pferd hoch eingesetzt.

Wer sicher so den Hammer schwenkt

den Gegner schwerst´ verletzt.

Der Tod, der hat ein blass Gesicht,

Du siehst es oft zu deinen Füßen.

Und durch dein´s Hammers schwer´s Gewicht

lässt du die Feinde büßen.

Er ist nur eine Deiner Waffen

beim Kampf dir im Gebrauch,

die deine Feinde hinwegraffen,

so weg, wie Schall und Rauch.

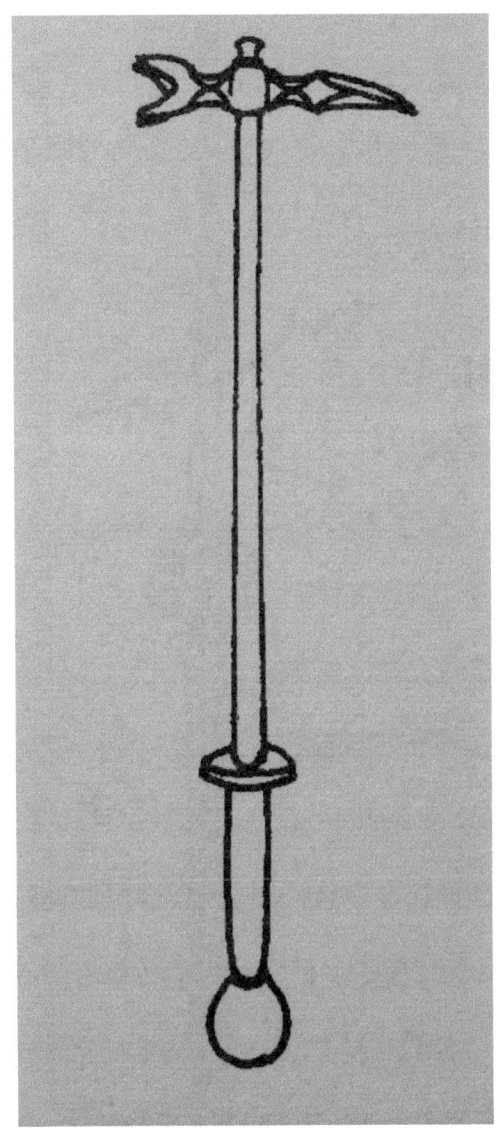

Streithammer

Der Streitkolben

Der Streitkolben ist ein Hammer nicht,

auch nicht ein Morgenstern.

Die Rüstung er eindellt, oft auch durchbricht.

schwer verletzen liegt ihm nicht fern.

Vom Pferde aus mit geschwung´ner Faust

knallt er auf Schultern, Köpfe nieder.

Gar manchem schwer davor graust,

zu Boden sinkt man nieder.

Man kann ihn auch werfen, dann ist er fort.

Am Handgelenk baumelnd

ist er am besseren Ort.

Den Griff in der Faust, gibts kein Taumeln.

Er bricht Knochen, reißt Wunden,

schlägt den Schädel ein.

Keine Gnade wird da gefunden.

Es ist nur Siechtum, Tod und Pein.

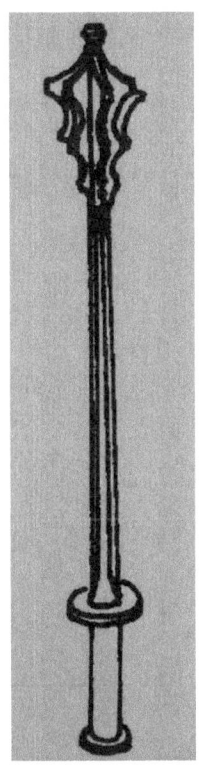

Streitkolben

Der Morgenstern

Der Morgenstern ist keine Freude,

wenn er trifft so manche Leute.

Die sind oft schwer verletzt, meist tot,

auf jeden Fall in ärgster Not.

Viel Spitzen hat die Eisenkügel

mit Kette fest an einem Prügel.

Auf dem Pferde sie der Ritter schwingt

und hofft, dass ihm sein Schlag gelingt.

Rauscht sie herab ist´s kalter Graus

und meistens mit dem Leben aus.

Gefürchtet ist das Kugelstück,

man hält es auch nicht mehr zurück.

Er trifft uns selbst, wenn wir ihn aufhalten wollen

und dies ist das, was wir nicht wollen.

Ein Knochenbrecher und ein Töter,

streckt nieder manchen Schwerenöter.

Viel Übung braucht es, dass man sich

nicht selbst erwischt ganz fürchterlich.

Im Kampf begehrt in sich´rer Hand

sicherst du deines Standes stand.

Doch reicht er nicht so ganz allein,

es müssen noch andere Waffen sein.

Für weit und halb nah oder vor Ort

gibts Lanze, Schwert und Dolch sofort.

Einen Freund des Morgensterns ohne Jammer

ist der vielseitige Streithammer.

Ist uns der Morgenstern entkommen,

wird der Streithammer genommen.

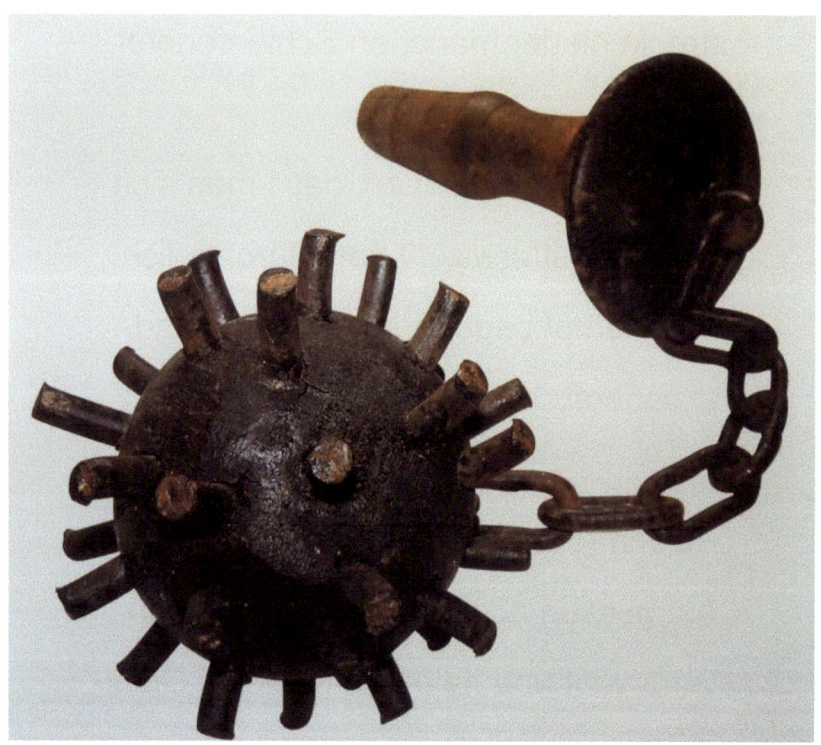

Morgenstern

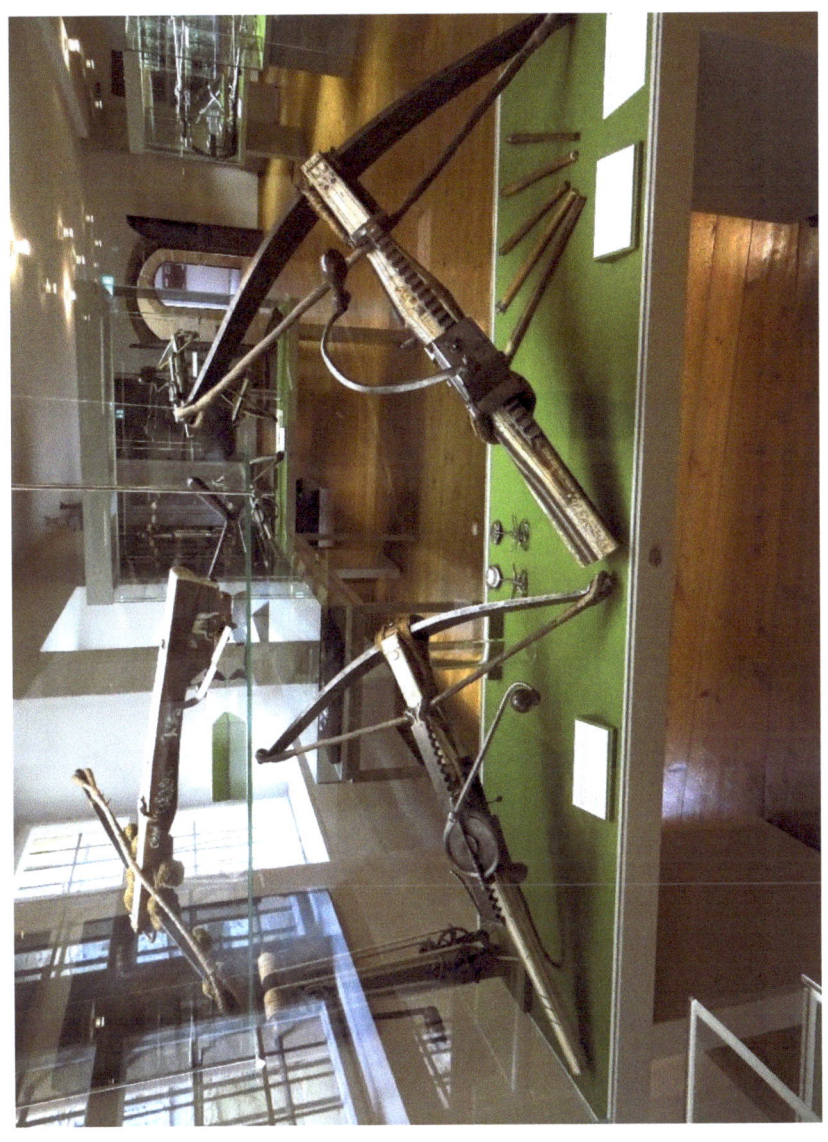

Armbrust

Die Armbrust

Auf nah und weit und auch zum Jagen
wird die Armbrust mitgetragen.
Ein Bogen vorn quer an einem Schaft,
man spannt die Sehne mit viel Kraft.

Und klinkt sie ein in der Elfenbeinnuss,
vorher kommt man nicht zum Schuss.
Der eisenspitze Bolzen wird eingelegt
der auch auf große Entfernung eine Rüstung
durchschlägt.

Von Kaiser und Papst wurde sie „gebannt".
Sie sollte nicht sein in Kämpfers Hand.
Doch keiner hat sich daran gehalten.
Da halfen auch nicht „Bannes" Gewalten.

Sie gabs in groß und auch in klein.

Die Sehne schwirrt, der Bolzen fein

sein fernes Ziel erreicht und sticht

unterm Helm tief ins Gesicht.

Oder sonst wo er hat hin getroffen,

du kannst nur auf den Erfolg hoffen.

Ob nun Mensch oder Tier es sei.

Das ist dem Schützen einerlei.

Der Schild

Jetzt hätte ich doch unterdessen
des Ritters Schild fast ganz vergessen.
Er ist ein Schutz vor all´ den Sachen
die dem Ritter Sorgen machen.

Gegners Attacken wehr´ er ab,
damit der uns nichts Böses anhab.
Auch stoßen kann man mit ihm sehr
und setzt sich damit so zur Wehr.

Der Wappenschild zeigt ganz klar her,
wer unterm Schild dein Gegner wär.
Auch dieser kann bei dir ersehen,
woher der Wind kommt, der wird wehen.

Er gilt als dein Erkennungszeichen,

gar mancher wird deshalb schon weichen,

weil er die Chance sieht verrinnen,

gegen dich im Kampf zu gewinnen.

Wenn viele Schildträger liegen tot,

so ist das eine große Not.

Der Herold gratuliert nur dem,

wo er die wenigsten Schilde tot geseh´n.

Wenn wenige Schilde von dir liegen am Schluss,

so hast du keinesfalls Verdruss.

Deine Vasallen haben, ohne Verzagen,

sich tapfer gegen den Feind geschlagen.

Was führst du im Schilde, es ist deine Darstellung
gewesen, wer du bist, konnte man daraus lesen.

Ein jeder ersah daraus im Stand,

wer in der Rüstung steckt, im Gewand.

Erst später verlor sich dieser Sinn,

als der Dolch steckte hinterm Schilde ´drin.

Heimtücke machte sich darin breit,

es war nichtmehr ehrbare Ritterszeit.

Schilde

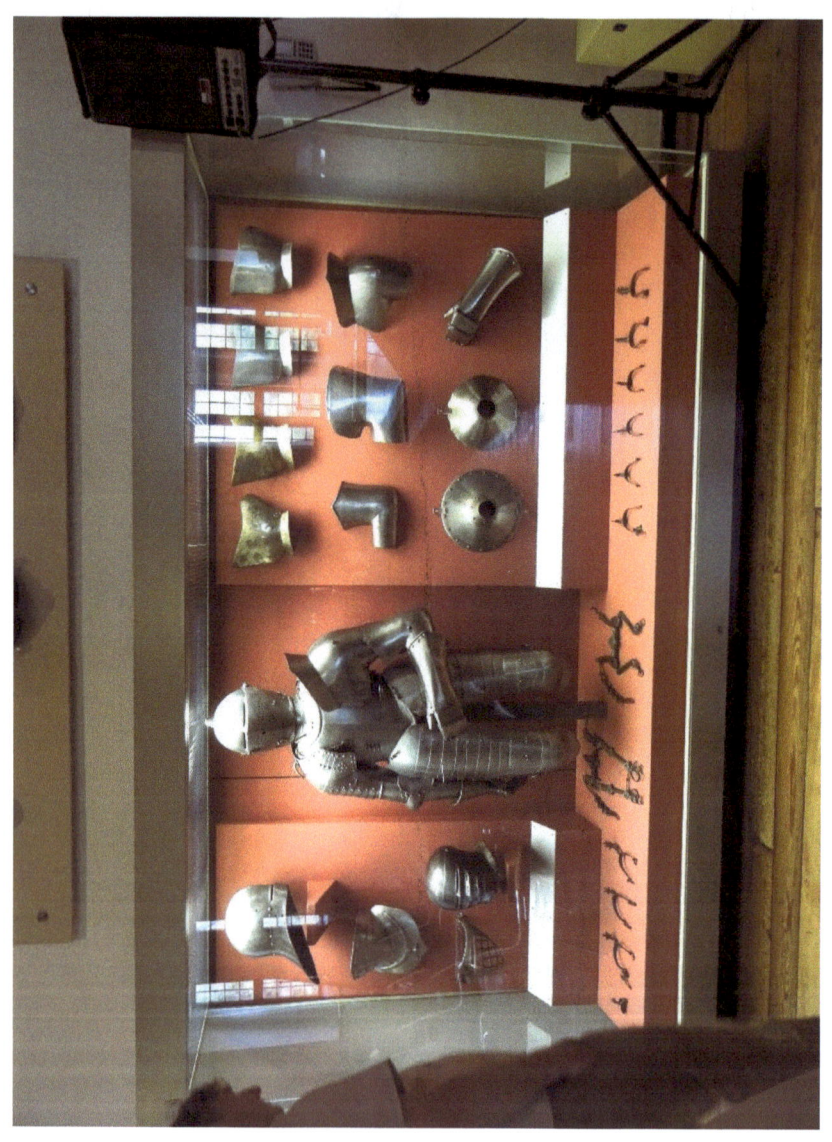

Bild 19 Rüstzeug

Das Rüstzeug

Der Gambeson, dickes Untergewand,

schützt dich vor dem Stiche.

Darüber ein Ringelpanzer dann,

der schützt vor Schwertesstriche.

Und der Brust- und Rückenpanzer,

ein Oberkörperschutz ein ganzer.

Dran Schultern, Ellenbogengelenke und Arm-
schienen

dir zum weiteren Schutze dienen.

Die Eisenhentzen mit fünf Fingern

schützen die Faust und all die Dinger

die es im Bereich der Hand so gibt.

Sie sind gelenkig, sehr beliebt.

Den Ringelpanzer unter der Rüstung

schützt offene Stellen wie ein Brüstung.

Die Halsberge drüber sitzt wie ein Kropf

zwischen Helm und Rüstung dir unterm Kopf.

Sie schmiegt sich zwischen Helm und Brust,

ohne sie hätte der Feind seine Lust.

Auch unterm Helm noch Kette, den Helm dadrob,

so ist man sicher mit Hals und Kopf.

Weiter nach unten setzt sich fort der Schutz

und bietet dadurch weiteren Trutz.

Die Schenkelplatten am Panzer unten

wurden dazu extra erfunden.

Und was fehlt noch auf der Stell'?

Die Kniekacheln, die schützen gar schnell

die Knie die sich oft weit nach außen legen,

wenn die Ritter sich bewegen.

Und sie halten eisern dagegen,

wenn einer dich dort will verletzen,

sonst wären die Knie in tausend Fetzen.

So wichtig ist dies alles zusammen,

und dann braucht man auch nicht mehr bangen,

wenn alles da ist in der Waffenkammer,

da braucht man wirklich nicht zu jammern.

Die Dichlinge am Bein entlang,

schützen Schenkel und Waden sodann.

Gefolgt von Eisenschuhen, spitz,

so sitzt man indes Sattels Sitz.

An den Fersen die Sporen angschnallt,

um das Pferd zu treiben mit Gewalt.

Wenn es im Kampfe will verzagen,

sonst gehts dem Ritter an den Kragen.

Das Ganze hat dann ein Gewicht,

ich glaub, ich sag es lieber nicht.

Ohn´ Waffen gut an 40 Kilo,

der Ritter war trotzdem noch froh.

Er war geschützt so gut es sei,

alles andre war ihm einerlei.

Tjos und Turnay

Gestech (Tjost)

Zu guter Letzt am Anfang!

Noch vieles gäb´ es zu berichten

zu des Ritters Waffengeschichten.

So manches Pferd trug auch eine Rüstung,

damit geschützt wie auf Turmes Brüstung.

Ob nun beim Tjost oder beim Turnay,

da war der Ritter gern dabei.

Training für den Kampf war dies´,

dazu man die Fanfaren blies.

Auf dem Helm ein Federbusch

oder das Wappentier,

das war sein Zeichen, die Zimier.

So reitet er stolz in die Ränge

der zu Hauf wartenden Menge.

Manch edle Frouwe den Kopf ihm neigt,

der Ritter fein sich zu ihr beugt.

Die Lanzenspitze er ihr zu reckt,

damit sie ihm ein Ringband steckt.

Für sie wirft er sich nun in die Bahn

und reitet gegen den Gegner an.

Er wirft den Gegner in den Staub,

das hatte auch die Frouw geglaubt.

Er neigt sein Haupt ihr zugewandt,

sie winkt mit einem Tuch galant.

Das weckt den Stolz dann bei dem Recken,

vor niemand braucht er sich verstecken.

Mit viel materiellem Gewinn,

so zieht er aus der Kampfbahn hin.

Die Frouwen noch lange ihm sehen nach,

das ist ihm gar nicht ungemach.

Die Schönst hat er danach gefreit,

was mancher später dann bereut.

Des Drachen Auge hatte er gebrochen!

Hatte er den falschen Drachen erstochen?

Sagen, Geschichten und Geistereien

Auf meiner Fahrt durch Engeland

Nach einer Sage von Edgar Elen Poo! Autor: Richard Middleton; Hrsg. von Mary Hottinger.

(c) Diogenesverlag AG, Zürich 1956!

In geringen Teilen umgeschrieben am 15. Mai 2008 von Jörg-Reiner Mayer-Karstadt.

Langsam war die Sonne über die kahlen Hügelketten gestiegen und wenig erinnerte dabei an den sonst so geheimnisvollen Zauber der Morgendämmerung, bis sie endlich hell über einer glitzernden Welt stand.

Während der Nacht hatte es stark gefroren und die Vögel, die hier und da ermattet von der unbarmherzigen Kargheit des Lebens umherhüpften, hinterließen keine Spuren auf der silberglänzenden Decke.

An einigen Stellen unterbrachen schützende Hecken die weiße Eintönigkeit, die sich über die farbige Erde gebreitet hatte. Und der Himmel wandelte sich von Orange über tiefes Blau zu einem blassen Hellblau, dass er eher zu einem Vergleich mit einem Schirm aus dünnem Pergamentpapier anregte, als die Vorstellung von einem grenzenlosen weiten Raum. Über die flachen Felder strich kalter, lautloser Wind, der feinen Schneestaub von den Bäumen rieseln ließ, jedoch kaum die weiß geschmückten Hecken bewegte.

Nachdem sie einmal den Horizont überschritten hatte, schien die Sonne schneller emporzuklimmen und während sie höher stieg begannen ihre warmen Strahlen sich mit der Schärfe des Windes zu verschmelzen.

Es mag wohl dieser ungewöhnliche Temperaturwechsel gewesen sein, der mich fahrenden Ritter aus meinen Träumen aufstörte, denn einen Augenblick lang kämpfte ich zappelnd im Schnee, der mich bedeckte, wie jemand der sich in seinem Bettzeug verfangen hat. Mit starrem, fragenden Blick, setzte ich mich auf.

„Mein Gott!", sagte ich zu mir, als ich die Öde der Landschaft wahr nahm. „Ich dachte, ich wäre im Bett. Stattdessen habe ich die ganze Zeit hier draußen gelegen."

Ich streckte meine Glieder, stand vorsichtig auf und schüttelte den Schnee ab. Der kalte Wind ließ mich erzittern und mir wurde bewusst, wie warm mein Lager gewesen war.

Anscheinend bin ich noch gut in Form, dachte ich. Ich kann wohl von Glück sagen, dass ich überhaupt bei diesem Wetter aufgewacht bin. – Oder auch nicht?

Ich hob den Kopf und sah die Hügelkette glänzend von dem Blau des Himmels abstechen, wie die Alpen auf einer Ansichtskarte, die es bei mir, in meiner Zeit, damals noch gar nicht gab.

„Noch einmal vierzig Meilen", knurrte ich grimmig. „Weiß der Himmel, was ich gestern getan habe. Bin marschiert bis ich fertig war und stehe jetzt hier, erst zwölf Meilen von Brigthon weg. Zum Teufel mit dem Schnee, zum Teufel mit Brigthon, zum Teufel mit allem!"

Die Sonne stieg höher und höher und geduldig machte ich mich wieder auf meinen Weg, den Rücken der Hügelkette zugekehrt.

Bin ich froh oder traurig, dass ich noch einmal aufgewacht bin – froh – oder – traurig, froh – oder traurig?

Meine Gedanken kreisten im Takt meiner Schritte um diese Frage, doch ich suchte keine Antwort darauf. Es genügte vollauf danach zu marschieren.

Kurz darauf, als drei Meilen vorübergeschlendert waren überholte ich einen Junker im Knabenalter, der sich bückte, um eine gefrorene Rübe aufzuheben. Er trug einen Mantel und sah unsagbar zerbrechlich gegen den harten Schnee aus.

„Auf der Walz, Herr Ritter?", fragte der Junker heiser, als ich an ihm vorbeiging.

„Ich glaube schon", sagte ich.

„Gut, dann will ich mit Verlaub, ein Stück mit Ihnen kommen, wenn Sie nicht zu schnell gehen.

Es ist ein bisschen einsam, um diese Tageszeit alleine zu tippeln."

Ich nickte und der Junker begann, nebenher zu hinken. „Bin Achtzehn", sagte er beiläufig. „Ich wette, Sie hätten mich für jünger gehalten".

„Fünfzehn, hätte ich gesagt!"

„Die Wette hätten Sie verloren. Achtzehn, letzten August und ich bin schon sechs Jahre auf der Straße. Ich rannte fünf Mal von zu Hause weg, als ich klein war. Doch die Schergen (Polizeidiener) brachten mich immer wieder zurück. Sie waren sehr nett zu mir, die Schergen. Jetzt habe ich kein zu Hause mehr, von dem ich weglaufen kann!"

„Ich auch nicht", sagte ich gelassen.

„Oh, ich kann sehen was Sie sind", keuchte der Junker. „Sie sind ein heruntergekommener Ritter, Sir. Es ist schwerer für Sie, als für mich."

Ich warf einen Blick auf die hinkende, schwächliche Gestalt und verlangsamte meine Schritte.

„Ich bin noch nicht so lange dabei, wie du", gab ich zu.

„Nein, das sehe ich schon an Ihrer Art zu gehen. Sie sind noch nicht müde geworden. Sie erwarten wohl etwas am anderen Ende?"

Ich überlegte einen Augenblick. „Ich weiß nicht", sagte ich bitter. „Ich warte immer auf irgendwas!"

„Das gibt sich mit der Zeit", kommentierte der Junker. „Es ist wärmer als in London, aber es ist schwerer dort etwas zum Futtern zu kriegen. Es lohnt sich eigentlich nicht."

„Trotzdem, man hat dort wenigstens die Chance jemand zu treffen, der versteht, dass ...", sage ich.

„Die Leute auf dem Land sind besser", fiel mir der Junker in die Rede. „Gestern durfte ich umsonst in einem Stall unterkriechen und heute Morgen holte der Bauer mich ins Haus und gab mir Frühstück, weil ich so klein bin. Natürlich, hier zähle ich, aber nicht in London! Nachts der Nebel über dem Themseufer, und die ganze übrige Zeit jagen einen die Schergen hoch".

„Letzte Nacht fiel ich am Straßenrand hin und schlief auf der Straße ein", sagte ich. „Ein Wunder, dass ich nicht gestorben bin!"

Der Junker sah mich forschend an. „Woher wissen sie, dass sie es nicht sind?", fragte er.

„Das verstehe ich nicht", sagte ich nach einigem Besinnen.

„Hören Sie", sagte der Junker heiser, „Leute wie wir können von diesem Leben nicht loskommen, wenn wir auch wollten. Immer hungrig und durstig und hundemüde und immer auf Achse. Und trotzdem, wenn jemand ein schönes Heim und Arbeit anbietet, kommt mir´s hoch. Sehe ich vielleicht stark aus? Ich weiß, ich bin für mein Alter zu schwach. Aber ich habe mich sechs Jahre so herumgeschlagen. Glauben Sie nicht, dass ich inzwischen gestorben sein könnte? Einmal bin ich beim Baden in Margate ertrunken und ein andermal hat mich ein Roma mit der Reitpeitsche erschlagen – er hieb mir den Schädel ein. Und zweimal bin ich erfroren wie Sie letzte Nacht und eine Kutsche hat mich auf der Straße überfahren. Und doch wandere ich auf derselben Straße nach London, um von dort wieder loszuziehen, weil ich es nicht lassen kann. – Tot! Glauben Sie mir, wir können nicht los von diesem Leben, wenn wir es auch wollen".

Ein krampfhafter Husten schüttelte den Junker und ich blieb stehen, bis er sich erholt hatte. „Du solltest dir lieber für eine Weile meinen Mantel borgen Kleiner", sagte ich. „Du hast einen ganz schönen Husten".

„Hol Sie der Teufel", sagte der Junker wütend und biss an seiner gefrorenen Rübe ab. „Es geht schon. Ich sprach gerade von der Landstraße. Sie haben es noch nicht begriffen, aber Sie werden schon noch dahinterkommen. Wir sind alle – tot! Alle, die wir auf der Landstraße liegen und wir sind müde und dennoch können wir sie nicht verlassen. Wie das duftet im Sommer, Heu und Staub und der Wind kühlt einem das Gesicht an heißen Tagen. Es tut gut, an einem schönen Morgen im nassen Gras aufzuwachen. Ich weiß nicht, ich weiß nicht ...?"

Karte Londen - Carnay

Plötzlich taumelte er und ich fing ihn in meinen Armen auf.

„Mir ist schlecht", flüsterte der Junker, „schlecht!"

Ich sah mich auf der Landstraße um, aber ich konnte keine Häuser sehen oder irgendwas, woher Hilfe kommen konnte. Doch während ich noch unschlüssig mit dem Junker mitten auf der Straße stand, hörte ich die Schellen eines Pferdeschlittens und die Pferdegeschirre klirren, in der Ferne, welcher schnell zu uns heranglitt.

„Was ist denn los?", fragte der Schlittenkutscher ruhig, als er den Schlitten anhielt. „Ich bin Arzt!"

Er blickte den Junker prüfend an und lauschte kurz auf seinen gepressten Atem.

„Schwindsucht", (= Lungenentzündung oder TBC), konstatierte er. „Ich nehme ihn mit ins Siechenhaus" (= Krankenhaus vor den Toren einer Stadt). „Sie können auch mitkommen, wenn Sie wollen!"

Ich dachte an das Arbeitshaus und schüttelte den Kopf.

„Ich möchte lieber laufen", sagt ich. Der Junker blinzelte schwach, als wir ihn auf den Schlitten hoben.

„Wir treffen uns wieder, hinter Reigate", raunte er mir zu. „Sie werden sehen!"

Und fast lautlos verschwand der Schlitten im Weiß der Straße.

Den ganzen Vormittag stapfte ich durch den tauenden Schnee, aber zur Mittagszeit erbettelte ich mir ein Stück Brot an der Tür eines Bauernhauses und kroch in eine Scheune, um es zu verzehren. Drinnen war es warm und nach meiner Mahlzeit schlief ich im Heu ein. Es war schon dunkel, als ich aufwachte. Von Neuem begann ich mich auf der Straße weiter zu schleppen.

Zwei Meilen hinter Reigate schlüpfte eine Gestalt aus der Dunkelheit und trat auf mich zu.

„Auf der Walz, Herr Ritter?", fragte eine heisere Stimme.

„Dann will ich, mit Verlaub, ein Stück mit Ihnen kommen, wenn Sie nicht ganz so schnell gehen. Es ist ein bisschen einsam um diese Tageszeit alleine zu tippeln."

„Aber die Schwindsucht!", schrie ich entsetzt.

„Ich starb heute Morgen in Crawly", sagte der Junker.

Ich hatte noch nicht begriffen, dass ich seit zwei Tagen schon tot war – in der Nacht erfroren!

Unsere Wege werden sich stets wieder treffen, da Tote nicht mehr von der Straße herunter kommen auf der sie gestorben sind!

Ich habe diese Geschichte als Ritter verkleidet, oft schon abends am Lagerfeuer oder in einem Wehrturm an Ritter- und Prinzessinnentagen bei verschiedenen Gruppe bei 6- bis 12jährigen erzählt und mich als den betroffenen Ritter ausgegeben.

Bildbeschreibung, eine verkehrte Welt.

Rabenschwarz ist die Nacht, kein bisschen hell.

Trotzdem der strahlende Vollmond und die hellen Sterne stehen?

Hellgrün leuchten zwei Fichten in stockdunkler Nacht?

Nacht, stockdunkel und doch strahlend hell?

In Phantasie dabei die Gedanken verweh´n.

Unwirklich ist dies alles gemacht.

Es ist unheimlich dunkel und doch grell hell!

Die grauweisen Geister an und über einer Ruine weh´n.

Ein Pappklebebild, das meine Tochter Karin, 7 Jahre alt, 1991 aus der Schule mitgebracht hat.

Ich habe es gerahmt und habe es heute noch!

Daraus ist nach mehreren Versuchen 2023 mein Kinderbuch

„Erich, das kleine Gespenst"

entstanden.

ISBN: 9 783910 576049

Donauton-Verlag GmbH, Forheim

Das Bild fasziniert mich heute noch.

Verkehrte Welt

Der Schatz vom Katzenstein

Vom Katzenturm der Burg Katzenstein, im Württembergischen, etwas abseits zwischen Dischingen und Neresheim gelegen, geht die Sage, dort soll ein großer Schatz verborgen liegen, welcher von einem Geist, namens Baldrian, bewacht wird.

Im Mai 1737 war der Kapuzinerpater Guido vier Wochen lang Assistent von zwei Notaren, die im Turm suchten den Schatz zu heben.

Vergeblich wandte Pater Guido alle Mittel der Benediktion und des Exorzismus (Beschwörung, Geisterbann und Geistervertreibung) an.

Der Geist Baldrian fällt über ihn her und zerzaust ihn vom Kopf bis zu den Fußsohlen und Pater Guido meinte: „Wenn nicht der Geist der Herren von Westerstetten, der über die Burg Wacht hält, ihm schützend, wehrend und streitend zur Seite gestanden hätte, so wäre es um ihn geschehen gewesen."

Der Schatz konnt´ somit nicht gehoben werden und muss sich immer noch, bis heut, im Katzenturm befinden.

Glaubhaftigkeit der Sage:

Der Glaube an diesen bedeutenden Schatz war enorm groß. Zwölf große, mit Gold und Edelsteinen gefüllte Truhen wurden für so sicher gehalten, dass selbst weltliche Gerichte und Notare den Pater an ihre Seite stellten, damit beim Auffinden des Schatzes nichts unterschlagen werden konnte und die Regierung sicher ihren Tribut erhalten sollte.

Ein ganz kleiner, nicht groß wertvoller „Schatz" wurde vor einigen Jahren in der Mauer zwischen Küche und Wohnbereich der Burg unter einer Fensterbankplatte bei Bauarbeiten gefunden.

Der große Schatz wurde bisher nicht entdeckt. Ob es ihn wohl je gab? Ob er wohl noch immer im Turm verborgen ist?

Wenn ja, wird er auch heute noch vom Geist Baldrian bewacht. Man sollte daher schon vorsichtig und auf der Hut sein.

Besuche doch die Burg Katzenstein selbst.

Sie ist es auf alle Fälle wert.

Vielleicht kannst du ja dort tatsächlich den einen oder anderen „Schatz fürs Leben" finden.

Der Geist Baldrian erwartet dich.

Die Erläuterung zusammengestellt, Jörg-Reiner Mayer-Karstadt 2024.

Der Teufel im Kartäusertal

Weit und tief im Wald, dem Karlshof zu, findet sich die „Kaminlochhöhle"! Sie führt zu ebener Erde senkrecht in den Fels hinab, wo sie heute im Grund, in drei Metern Tiefe, mit einer großen Steinplatte fast ganz verschlossen ist.

Von dieser Höhle wird erzählt, dass hier früher mit Feuer, Rauch und Schwefelgestank der Teufel aus der Tiefe der Höhle fuhr, wenn er wieder jemanden um seine Seele betrügen wollte oder betrogen hatte. Hier fuhr er auch mit Donnerbrausen mit den betrogenen Seelen in den Höllenschlund hinab.

Wie kam es nun, dass sich dieser Höllenschlund im Kartäusertal für immer verschloss?

Die Sage erzählt: „Es war einmal ...!"

Im stillen abgelegenen Kartäusertal befand sich im hintersten Winkel, vor ca. 700 Jahren ein Kartäuserkloster. Und gerade, weil die dortigen Mönche sich besonders in der Stille dem Gebet hingaben und ansonsten ohne jegliche Unterhaltung ihrem Tagwerk nachgingen, hatte der Teufel ein besonderes Interesse, gerade dort sein Unwesen zu treiben. Er hatte die Hoffnung, auch die Seele eines Mönchs von dort für sich gewinnen zu können. Dazu wollte er als Bettelmann verkleidet an der Mönchspforte anklopfen.

Er fuhr aus seinem Höllenschlund im tiefen Wald hervor, begab sich zur Klosterpforte und klopfte an.

Der Pförtnermönch öffnete eine kleine, vergitterte Lucke im Tor und fragte nach seinem Begehr.

„Ich bin ein armer Bettelmann und Wandergesell und bitte um die Wegzehrung. Du weißt schon, ein Abendessen, eine Übernachtung und ein Frühstück, bevor ich morgen wieder von dannen ziehe.

Dafür möchte ich gutes für Deine Seele tun!"

Der Mönch hatte Mitleid mit dem armen Wander-
bettelmann und ließ ihn das Tor passieren.

Der Teufel achtete sehr darauf, dass er nicht das
Kreuz des Mönchs ansah, welches dieser an einer
Schnur um den Hals trug und zog sich daher seine
große Kapuze tief ins Gesicht, um auch die anderen geweihten Gegenstände, auf dem Weg zu des
Mönches Klause im Kloster, nicht ansehen zu müssen.

Jeder Mönch hatte dort für sich einen kleinen
Wohnraum mit Gärtchen, und dies alles war jeweils
mit einer hohen Mauer umgeben, eine sogenannte
Kartause. Diese Wohnhäuschen waren alle um
den Kreuzgang aneinandergereiht.

Die Kartause bestand jeweils aus einer Eingangs-
tür vom Kreuzgang aus die in einen schmalen langen Gang mündete, an dessen Ende sich das
Plumpsklo befand. Von diesem Gang konnte man
die beiden Wohnräume betreten. Der Erste hatte
einen Ofen und diente zum Bibelstudieren, als Ge-
betsraum mit Herrgottswinkel und zur Einnahme

des kargen Essens. Der zweite, kleinere Raum, war für das Nachtlager.

Nach der Wohnung, vor dem Klo, führte eine Tür in den kleinen Garten, wo ein Wassertrog zum Waschen und zum gießen des Gartens angebracht war. Den Garten musste der Mönch selbst versorgen.

Hier gab es kein Kreuzzeichen, weder an der Mauer, noch im Gelände, nur ein kleiner Geräteschuppen war in einer Ecke angebracht.

In diese, seine Kartause, brachte der Mönch seinen Gast und schob ihm den Rest seines kargen Essens zu und ging wieder zum Torhaus, bis er vom Tordienst abgelöst wurde. Dann begab er sich zu seiner Kartause, wo er seinen Gast nicht im Haus antraf. Als er im Garten nachsah fand er ihn dort am Wasserbecken.

Dieser sprach zu ihm: „ Ich will dir für dein gutes Herz und für die Gastfreundschaft etwas zukommen lassen, dass du dich nie mehr in deinem

Garten plagen musst. Dein Garten wird ab sofort Gemüse in Hülle und Fülle tragen, die Johannisbeeren werden sich biegen vor Früchten und du musst nie mehr Unkraut jäten oder deinen Rasen mit der Sichel schneiden!"

Der Mönch sprach: „Das würde mir schon gefallen, ich könnte im Garten faulenzen, wenn ich nicht beten oder das Tor hüten muss."

„Es braucht ja auch keiner erfahren", sprach der Teufel und rieb sich heimlich die Hände über seinen Seelenfang, wie er dachte.

Der Mönch hatte ganz zufällig den Pferdefuß unter des Bettelmann's Gewandsaum kurz hervorschauen sehen.

Nun war ihm klar, wen er vor sich hatte.

Er verließ den vermeintlichen Bettelwanderer, wie er sagte „um etwas zum Essen zu holen," und ging zum Abt, dem er erzählte, was ihm widerfahren war.

„Gut, dass du das sofort gemeldet hast", sagte der Abt. „Du bist gerade noch dem Teufel von der

Schippe gesprungen! Ich werde dir eine schwere Buse zu deinem Seelenheil auferlegen.

Hättest du das Angebot angenommen, hätte ich nichts mehr für dich tun können und du hättest die Höllenqualen erdulden müssen." Mit allen Mönchen zusammen begab sich der Abt ganz leise zur Kartause des Mönchs und in dessen Garten. Alle hielten ihre geweihten Kreuze, die sie um den Hals trugen, mit vorgestreckten Armen und schritten auf den Teufel zu.

Hier konnte er mit seinem Blick nicht mehr ausweichen. Er erkannte sofort, dass er hier nichts mehr ausrichten konnte. Ihm blieb nichts anderes mehr übrig, als über die Lüfte das Weite zu suchen. Danach hat er das Kloster nie mehr betreten.

Er raste vor Wut durch alle Höhlen des Kartäusertales, da er vor Ärger nicht gleich das richtige Höllenloch fand.

Dabei stieß er mit dem Kopf an den Turmzinnen der Burg Niederhaus an, so dass diese herunterstürzten. Danach blieb er mit seinem feurigen Schwanz an der Burg Hochhaus hängen, dass das

Herrenhaus in Brand geraten ist. Es konnte nicht mehr vor den Flammen gerettet werden.

Von hier aus raste er mit solcher Gewalt hinter dem Karlshof in den Höllenschlund hinein, dass ein riesiger Felsbrocken sich löste und nach ihm diese Kaminlochhöhle für immer verschloss.

Teufel am Turm der Burg Niederhaus vom Autor
Gemälde: Claus Funk

Kaminlochhöhle ebenerdig

Kaminlochhöhle in der Tiefe

Heute existiert das Kloster auch nicht mehr und wir finden nur noch seine Ruinenreste mit dem erhaltenen Mönchschorraum. Dieser wird heute noch als Kirche genutzt.

In wieweit der Teufel nicht doch noch, aus Rache und Schmach am Untergang des Klosters im dreißigjährigen Krieg schuld war, kann heute auch niemand mehr sagen.

Wo der Teufel jetzt aus der Hölle fährt, kann ich nicht sagen. Auf alle Fälle nicht mehr im Kartäusertal.

Er wurde, seit der Fels den Höllenschlund verschloss, nie mehr im Kartäusertal gesehen.

Der winkende Priester

An den Vorabenden hoher Festtage erscheint auf der Ruine Niederhaus, unter dem Tor stehend, ein Priester im Ornat, der Vorübergehenden zuwinkt.

Einmal, in der „Heiligen Christnacht" redete ein Papiermachergeselle aus der nahen Papiermühle das Gespenst an:

„Alle guten Geister loben Gott den Herrn, was ist dein Begehr?"

Das Gespenst (der Priester) sprach: „Folge mir, du wirst glücklich sein!"

Sie gingen durch einen unterirdischen Gang, bis sie zu einer Kapelle kamen, in welcher der Altar mit Kerzen beleuchtet war.

Das Gespenst sprach: „Ich war vor langen Zeiten Priester auf dieser Burg und sammelte Schätze und habe sie unter dieser Kapelle vergraben. Und unter dieser Falltür auf welcher, wie du siehst, ein großer Bär sitzt, liegt der Schatz. Hier auf dem Stuhl daneben liegt ein großes, scharfes Schwert.

Ich werde jetzt die „Heilige Messe" verrichten. Wenn ich die Wandlung vollbringe, ergreife das Schwert und schlage dem Bären den Kopf ab, so kannst du die Falltür öffnen und den Schatz heben!"

Der Papiermachergeselle betete fleißig mit dem Priester. Bei der Wandlung rollte das bisher ruhige Tier mit glühenden Augen.

Der Papiermachergeselle ergriff das Schwert, ließ es aber mit einem Schrei fallen, denn es war glühend heiß.

Da verschwand alles mit einem lauten Getöse.

Lange in der Finsternis irrend in den unterirdischen Gängen, gelang es dem Verängstigten wieder ins Freie zu kommen. Er konnte später nicht einmal mehr sagen, wo er herausgekommen war.

Dieser Zugang wurde bis heute nicht gefunden.

Diese Sage habe ich übernommen aus Schlund / Dettweiler und Höpfner; Sagen aus dem Ries.

Zur Erklärung der Sage:

Auf allen Burgen und Ruinen werden unterirdische Gänge und vergrabene Schätze vermutet, so auch hier.

Einen unterirdischen Gang hat es nie auf der Burg Niederhaus gegeben. Es lässt sich nirgends dazu ein Hinweis finden und auch die Suche danach, bei allen Begehungen verlief stets erfolglos. Auch der angebliche unterirdische Gang vom Niederhaus unter dem Tal hindurch zum Hochhaus ist ein reiner Wunschgedanke.

Ob es auf der Burg Niederhaus jemals einen Schatz gegeben hat, weiß auch keiner so ganz genau. Eher nicht!

Arm waren sie ja gerade nicht, die edelfreien Herren von Hürnheim.

Uns ist auch nicht überliefert, ob es in der Burg eine Kapelle gab, eher eine kleine Kapellennische, wie sie auf vielen Burgen üblich waren.

Jeder kann jetzt die Sage glauben oder auch nicht und weitersuchen oder es lassen.

Und schon mancher hat trotzdem auf der Ruine Niederhaus schon zu seinem „Schatz fürs Leben" gefunden.

Vielleicht geht es dir ebenso.

Sagenerklärung von: Jörg-Reiner Mayer-Karstadt

Die Braut und der Schmied vom Niederhaus

In der 2. Hälfte des 13. Jahrhunderts drohte das Kaiserreich der Herren von Hohenstaufen zu zerbrechen.

Gegen alles Recht verlieh Papst Clemens IV. am 25. März 1265 das Königreich Sizilien, Erbland der Staufer, an Karl von Anjou, dem Bruder des französischen Königs Ludwig IX., dem „Heiligen".

König Konrad IV. – ein Staufer, starb am 21. Mai 1254 im Alter von 26 Jahren an Malaria, in Italien bei Lavello in Ligurien, als er seinem Halbbruder König Manfred, gegen Karl von Anjou zu Hilfe kommen wollte.

Dieser verlor in einem Krieg zur Rückforderung des Staufererbes in der Schlacht gegen Karl von Anjou bei Benevent, am 26. Februar 1266 sein Leben und Erbe.

Sein Neffe Konradin (1252 – 1268, der letzte Staufer), Sohn von König Konrad IV. machte sich, nach

Absprache mit seinen Onkeln und nahen Verwandten, auch mit den Hürnheimern auf, um auf der Cadolzburg bei Fürth vom 8. bis 28. Mai 1267 den Kriegszug für das Staufererbe abzusprechen und das „Alte Reich" noch einmal aufzurichten. Im Spätherbst 1267 begann der Kriegszug. Conradin war gerade einmal 15 Jahre alt und damit (mit Beratern) auch regierungsfähig. Er war Herzog von Schwaben und durch Erbschaft auch König von Jerusalem.

Noch sei es nicht zu spät dem alten Reich wieder seine Macht zu erkämpfen. Außer seinen Onkels und deren Streitmacht kamen viele junge Edelleute mit, die in echter Hingabe und Liebe zu ihrem Vaterland, begleitet von vielen Soldaten, dem jungen Konradin die Treue geschworen hatten.

Nachdem sein Vater König Konrad IV. (wie vor angeführt), viel zu früh verstorben war, lag der Antritt seines Staufererbes auf seinen jungen Schultern. Er war der letzte der Staufer, der anspruchsberechtigt war.

Im Voraus, in den Spätsommertagen 1266 war er vom Mangoldstein in Werth (Donauwörth) zur Burg

Niederhaus gezogen, um seine Verwandten, die Edelfreien von Hürnheim zu besuchen und bei ihnen schon für einen möglichen Kriegszug Unterstützung zu erbitten.

Friedrich und Hermann von Hürnheim sagten ihm zu.

Im Herbst 1267 verabschiedeten sich dann Friedrich und Hermann von Hürnheim von ihren Eltern und zogen zum Sammelplatz des Kriegszuges.

Der Kriegszug begann am 8. September 1267 bei Augsburg ins feindliche Welschland (Italien).

In Oberitalien eingeschneit, zum Verweilen gezwungen, konnte Konradin ein Heer nicht mehr bezahlen. Seine Onkels streckten ihm Geld für zwei Monate vor und erhielten als Sicherheit dafür schwäbische Ländereien überschrieben, falls Konradin nicht zurückkehren sollte und diese wieder auslösen würde.

Daraufhin zog Herzog Ludwig von Bayern mit einer großer Zahl an Rittern wieder in die Heimat zurück und überließen ihren angehenden König seinem Schicksal.

Das Kriegsgeschehen lag lange in Konradins Hand und bis er nach Rom kam, waren ihm viele Welsche in sein Heer zugelaufen. In Rom wurde die Ankunft des Stauferheeres noch gefeiert, bis diese anderntags weiterzogen. In der Gegend von Tagliakozzo kam es zur Schlacht der Staufer gegen Karl von Anjou. Die Staufer unterlagen und flohen in kleinen Grüppchen. Unter anderem Konradin mit einigen Getreuen, unter denen sich auch Friedrich von Hürnheim befand. Sie wurden an Karl von Anjou verraten, gefangen und am 28. Oktober 1268 auf der „Piazza del Merkato" (Großer Platz) in Neapel durch Enthauptung hingerichtet. Konradin war gerade einmal 16 Jahre, sieben Monate und 4 Tage alt. Der Hürnheimer etwas mehr als 10 Jahre.

Hermann II. von Hürnheim, Friedrichs Bruder, war auch nicht viel älter und war mit einem anderen Grüppchen gefangen worden und wurde 1269 durch ein hohes Lösegeld wieder freigekauft. 1270 ist er zu Hause verstorben.

Nun zur Sage

Von diesem Friedrich geht nun die Sage, dass er seine Waffen selbst schmieden würde und oft tagelang am Ambos stünde, die Klingen seiner Schwerter zu schmieden, Hellebarden und Sporen ebenfalls dazu und dies alles gut härtete und schärfte.

Wochen und Monate vergingen. Sehnsüchtig wartete die Braut auf ihren Verlobten Friedrich. Fast täglich kam sie zur Burg Niederhaus, stieg auf die Zinnen der Burg und hielt Ausschau in das Land hinaus, ob er nicht doch noch kommen würde.

Nach einem Jahr erhielt sie die Botschaft, dass er zu Neapel enthauptet wurde. Die junge Frau konnte diesen Verlust nicht verwinden. Sie verfiel in Schwermut und starb nach kurzer Zeit.

Die Sage weiß nun weiter von Friedrich von Hürnheim, dass sein Geist aufgrund der erduldeten

Schmach und Schande in seinem Grab bei den Welschen keine Ruhe fand.

So kehrte sein Geist auf die Burg Niederhaus zurück.

Und wenn man in dunklen Nächten den Burghof betritt, da hört man oft die Hammerschläge, wenn er seine Waffen auf dem Ambos schmiedet.

Hart und dumpf hört es sich an, gleichsam einer bitteren Klage gegen die grausamen Feinde im fernen Welschland.

Im Burghof erinnert noch eine Steintafel in der Burgmauer an das Schicksal von Konradin dem Staufer und Friedrich von Hürnheim. Und in der Vorburg, an der Stauferstele, die am 6. Mai 2012 aufgestellt wurde, ist dies nochmal ersichtlich.

Weiter erzählt die Sage, dass der Geist der Braut des Friedrich von Hürnheim, nachdem sie vor Kummer und Leid verstorben war, oft in hellen Nächten immer noch über die Söller und Zinnen im Niederhaus streicht und Ausschau nach ihm hält.

Wenn du sie jemals sehen würdest, darfst du sie nicht ansprechen, sonst darf sie hundert Jahre nicht spuken und dann ginge alles wieder von vorn los. Sie kann erst erlöst werden, wenn sie Friedrich findet. Vielleicht klappt es ja einmal bei einer halben Mondfinsternis. Sicher ist auch dieses nicht!

Ich war schon öfter spät in der Nacht dort. Und manchmal bei dunkler Nacht hatte ich das Gefühl, dass irgendwo der Klang eines Ambos zu hören war. Und in hellen Nächten meinte ich manchmal einen kalten Lufthauch zu spüren, wenn die Braut über mir zu den Turmzinnen hochschwebte.

Gehe doch selbst einmal hin, vielleicht wiederfährt dir Ähnliches. Wer weiß?

(Grundlage hierfür war das Rieser Sagenbuch von Schlund, Seite 117 und Buch Höpfner, Schlund, Dettweiler, Seiten 35-36, Sagen aus dem Ries.

So in eine Sage zusammengestellt von Jörg-Reiner Mayer-Karstadt).

Die drei Brüder

Einst lebten drei Brüder auf den Burgen im heutigen Kartäusertal.

Der eine saß auf dem Schloss Niederhaus, der Andere auf Schloss Hochhaus und der Dritte auf dem Bergschloss Rauhaus, welches auf der Tannhalde über dem heutigen Ort Christgarten stand.

Christgarten gab es damals noch nicht. Hier stand nur tief im Tal versteckt eine kleine St. Peter geweihte Kapelle, dort wo heute die Reste des Kartäuserklosters stehen.

Um ständig miteinander verkehren zu können, ohne die Berge herab- und wieder hochsteigen zu müssen, ließen sie hohe, „lederne Brücken" von einer Burg zur anderen errichten.

(Es waren eigentlich nur Fahnensignale bei Tag oder Lichtzeichensignale bei Nacht, von einem Burgturm zum anderen).

Sie schworen einander unverbrüchliche Treue.

Das Schloss dessen, der den Schwur breche, sollte im Erdboden versinken.

Und so geschah es tatsächlich!

Als sich nämlich einer der Brüder von den anderen abwandte und vom Schloss Rauhaus wegzog auf Burg Katzenstein, sind wohl die „ledernen Brücken" zusammengestürzt.

(Die Fahnen- und Lichtzeichen" zum Schutze des südlichen Talzuganges konnten vom Rauhaus nicht mehr übermittelt werden).

Das Schloss Rauhaus versank mit Mann und Maus im Boden unter die Erde.

So die Sage, nach Schlund, Seite 118.

Diese Sage ist so zu erklären:

Die kleine Turmburg Rauhaus, die über dem heutigen Ort Christgarten auf der Tannhalde stand wurde zum Beginn des 13. Jahrhunderts als Wohnturm zur Sicherung des südlichen Talzuganges von den Edelfreien von Hürnheim, von Rudophus I. von Hürnheim - Rauhaus erbaut. Um 1236 war der Bau fertig und bewohnt.

Da die Burgplatzverhältnisse keinen größeren Bau hergaben, war der Wohnturm bereits 1261 für die Familie zu klein geworden.

Daher kauften 1261 Rudolphus I. und sein Sohn Rudolphus II. von Hürnheim - Rauhaus die Burg Katzenstein.

Rudolphus der II. zog mit seiner Frau Adelheit 1261/62 auf den Katzenstein weg.

Sein Vater blieb noch auf Rauhaus, bis er 1264 dort verstarb.

Die Burg Rauhaus wurde danach offen gelassen und dem Verfall überlassen. In großen Teilen wurde sie von der Herrschaft, aber auch von der Bevölkerung abgerissen und die Steine und Eichenbalken für andere Bauwerke verwendet.

1353 findet sich in alten Landkarten nur noch der Hinweis: „Burgstall Rauhaus!" Es war ebenerdig nichts mehr zu sehen.

Heute findet man auf dem Burgbergplateau nur noch im Boden spärliche Überreste des Fundamentes vom Wohnturm, ca. 11 auf 13 Meter.

Die Bezeichung " Lichtzeichenbrücke" ist in der Sprache zu „lederne Brücke" verkommen.

Es gibt das sehr alte Lied:

„Es waren zwei Königskinder, die hatten einander so lieb. Sie konnten zusammen nicht kommen, das Wasser war viel zu tief!", usw. ...

Hierbei ging es auch um die „Lichtzeichen Brücke".

Der Königsohn sah spät abends über den weiten See das Lichtzeichen seiner Geliebten und versuchte über den See schwimmend zu ihr zu kommen. Als er mitten im See schwamm, erlosch das Licht und er verlor die Richtung, konnte das andere Ufer nicht mehr erreichen und ertrank.

Was war passiert?

Die Burg seiner Geliebten wurde verlassen bzw. eher von Feinden eingenommen und zerstört.

„Soweit zur Sagenerklärung von Jörg-Reiner Mayer-Karstadt!"

Die mutige Müllertochter

Auf beherrschender Höhe lag einst die stattliche Burg Hochhaus. Auf ihr saßen die Herren von Hürnheim, später die Grafen von Oettingen und später die Fürsten von Oettingen.

Heute ist nur noch eine recht eindrucksvolle, aber wegen Baufälligkeit nicht mehr zu betretende Ruine übriggeblieben.

Von ihr erzählt die Sage:

Unter den Trümmern des Hochhauses liegt ein großer Schatz begraben.

Nachts sei es nicht geheuer in jenem Ort, denn der Geist des Hürnheimer Burgherren gehe dort um. Dabei leuchtet stets ein geheimnisvolles Licht auf.

In jener Zeit lebte in Hürnheim ein Müller mit seiner Frau und seiner zwölfjährigen Tochter. Die Zeiten waren schlecht und die Mühle warf nur das notwendigste ab. Der Müller hatte Schulden machen müssen und jetzt wusste er nicht mehr, wo er das Geld hernehmen sollte, um die Schulden und Zinsen abzuzahlen. Die Sorge um das tägliche Brot bedrückte sie alle sehr.

Auch die Tochter machte sich Sorgen.

Nachts lag sie in ihrer Kammer und konnte nicht einschlafen.

Immer, wenn das geheimnisvolle Licht auf der Ruine Hochhaus oben blinkte, musste sie an den verborgenen Schatz denken, der da ungehoben liege. Nur ein kleiner Teil davon hätte der Familie all ihrer Sorgen enthoben.

Kurz entschlossen machte sich das Mädchen in der nächsten Nacht auf. Heimlich schlich sie aus dem Haus, hinauf zur Burgruine Hochhaus.

Plötzlich stand ein Mann vor ihr und fragte sie nach ihrem Begehr.

„Ich bin gekommen, um eure Hilfe zu erbitten für meine armen Eltern, die unverschuldet in eine arge Not geraten sind", antwortete das Mädchen.

„Du bist ein unschuldiges Kind und bittest selbstlos für deine Eltern? Komm, ich will dir helfen", sagte der Burgherr.

Da tat sich plötzlich vor ihnen der Berg auf und sie kamen in ein großes Gewölbe in dem helle Flammen aus einem Schmelzofen emporloderten. Sie schlugen hoch hinauf in einer Felsspalte, die sich im Burghof öffnete. Es war das geheimnisvolle Licht, das nachts in der Ruine manchmal aufflackerte.

Erstaunt schaute sich das Mädchen um.

Am Schmelzofen standen rußgeschwärzte Männer, die Goldmünzen einschmolzen und neue prägten. „Morgen komme ich herab zur Mühle und bringe euch Geld", sprach der Burgherr und geleitete das Kind wohlbehalten aus dem Berg hinaus, wieder in die freie Welt.

Und wahrhaftig, am nächsten Tag, schon vor der Frühe, erschien der Burgherr in der Hürnheimer Mühle, übergab den Müllersleuten einen großen Beutel, prall gefüllt mit blinkenden Golddukaten.

„Das habt ihr eurem unschuldigen Kind zu verdanken, das mutig und beherzt und aus echter Liebe gehandelt hat", sprach der Burgherr. Und er fuhr fort: „Versprecht mir, zwei Jahre zu schweigen. Und wenn ich bis dahin nicht wieder gekommen bin, so stiftet einen Jahrtag für eine arme, unbekannte Seele!"

Und plötzlich, wie der unbekannte Wohltäter gekommen war, verschwand er und kam nie wieder.

Nacherzählt nach Schlund, Seite 128 und Dettweiler, Höpfner, Schlund, Seiten 235 - 238.

Was will uns die Sage offenbaren?

Diese Sage hat eine hohe geschichtliche Bedeutung, denn in dem geheimnisvollen Licht verbirgt sich die im Hochmittelalter so bedeutsame ritterliche Tradition von der „ledernen Brücke" und von der „Mildeverpflichtung" der Ritter, armen Menschen zu helfen.

Nur bei Burgen mit besonderer Bedeutung, wie es auch teilweise an Rhein und Mosel war, gab es die „Lichtbrücken". Nur sieben Burgen im Reich sollen angeblich solche Lichtbrücken gehabt haben.

Leider ging die ritterliche Tugend der „Milde" schon zum Ausgang des Hochmittelalters verloren.

Hast du im Herbst, wenn das Laub gefallen ist schon einmal selbst des Nachts zum Hochhaus hochgeschaut?

Ich glaube, wenn du heute dort oben nachts einen Feuerlichtschein entdeckst, sind es Menschen, die wegen der Sage dort mit Metalldetektoren, verbotenerweise nach Dukaten suchen, die es dort zu Herstellung nie gegeben hat.

Oder es sind Spinner, die dort im Burghof, in Steinkreisen, angezogene Großpuppen verbrennen und sich dabei irgendwelchen spirituellen Unfug einbilden. Auch das ist verboten.

Jörg-Reiner Mayer-Karstadt.

Die Geister auf den Hürnheimer Burgen und der Geist vom Katzenstein.

Es war einmal ... so fangen alle Märchen und Geistergeschichten an.

Also – es war einmal, als der Burgenbau der Edelfreien Herren von Hürnheim im Kartäusertal so langsam ihrem Ende zu ging.

Die drei Burgen waren noch nicht ganz fertiggestellt, als drei Geister aus dem Riesgau eine neue Bleibe suchten.

Es waren Siegfried, Alberich und Baldrian.

Sie hatten schon seit geraumer Zeit den Neubau der drei Burgen beobachtet, da ihre alten Behausungen immer mehr verfielen und schon sehr heruntergekommen waren. Wer zieht schon nicht gern in eine neue Wohnung um. In eine Wohnung, wo es Menschen gab, die man „begeistern" konnte, und nicht wie die letzten Jahrhunderte nur in leeren Mauern sein Unwesen trieb.

Die erste Burg, die schon fast fertig war, war die Burg „intimo castro" (= die untere Burg), das heutige Niederhaus.

Hier war schon kurz vor der Fertigstellung die Hürnheimer Familie, mit dem Stammvater Herrn Albert von Hürnheim und seinem Sohn Rudolph eingezogen.

Dieser hatte die Söhne Rudolph, Heinrich, Ulrich, Albert, und weitere zwei Rudolphs.

Das gab es damals öfter, dass mehrere Söhne den gleichen Vornamen hatten.

Die Geschwister Heinrich, Ulrich und Albert waren bald darauf nicht mehr zu Hause und suchten anderweitig ihr Glück.

Alberts Enkel Rudolph I. sollte die Burg Niederhaus bekommen. Der Enkel Rudolph II. die Burg Hochhaus und der Enkel Rudolph III. bekam die kleine Turmburg Burg Rauhaus am Ende des südlichen Taleinganges.

Alle drei Enkel dachten in keinem Augenblick an Geister in ihren neuen Behausungen.

Was hatten sich die drei Geister nun auf dem Niederhaus ausgedacht?

Siegfried, Alberich und Baldrian saßen eines Abends im Dachgeschoß des Niederhauser Bergfrieds und es ging darum festzulegen, wer auf welcher Burg sein Unwesen treiben sollte.

Sie setzten sich an einen Tisch im Turm auf ihre Geisterstühle und begannen darum zu würfeln, wer hier im Niederhaus bleiben sollte.

Die Würfelrunde begann um null Uhr.

Geisterwürfel sind aus Knochen und haben vierzehn Seiten.

Wer die erste „14" würfelt, der soll hier im Haus bleiben können.

Die Knochenwürfel machten schon einigen Lärm und die Hausbewohner zogen die Augenbrauen hoch und horchten in die Nacht. Sie konnten sich nicht vorstellen, was dies alles bedeuten sollte.

Was poltert da? Was hört sich an wie Stimmen im Turm? Es war doch außer der Familie niemand in der Burg?

Siegfried hatte die erste „14" gewürfelt und es war klar, dass er hier nun der Hausgeist sein durfte.

Als es ein Uhr schlug, war der Spuk vorbei.

Siegfried hatte nun das Hausrecht und die anderen beiden Geister mussten bis zum morgigen Abend den Burgfrieden einhalten.

Anderntags war die Burg Hochhaus auch notdürftig bezugsbereit und Rudolph der II. wurde nun zu Rudolph I. auf der Burg Hochhaus und zog mit seiner Familie dort ein.

Er nannte sich von nun an „Dominus Rudolphus de alta domo" (Herr Rudolph von Hochenhaus).

Auch hier waren noch einige Arbeiten zu verrichten, man konnte jedoch schon gut geschützt dort wohnen. Es war nur noch alles sehr ungewohnt im neuen Haus.

Selben Abends saßen die Geister erneut beim Würfeln. Heute jedoch im Dachgeschoß des Stauferpalas im Hochhaus, in froher Runde.

Siegfried war aus Interesse vom Niederhaus mit herübergekommen. Er wollte zusehen, wer heute gewinnt.

Wer wird Geist im Hochhaus?

Alberich und Baldrian begannen um null Uhr auf einem Eichenbrett im Dachboden zu würfeln. Alle drei saßen jeder auf einer Balkenzange im Dachgestühl.

Und wieder galt es die Zahl „14" zu würfeln. Kurz vor ein Uhr hatte Alberich den Glückswurf getan und er erhielt den Zuspruch der Hausgeist auf Burg Hochhaus zu sein. Hier durfte er nun in Zukunft seine Geistereien betreiben.

Auch dieses Würfeln und Lachen im Dachboden und das Poltern hatte bei den neuen Bewohnern des Hochhauses Schrecken und Unruhe herbeigeführt. Außer ihnen war doch wirklich niemand in der Burg. Es war schon etwas gruselig. Und plötzlich, um ein Uhr, war ja auch alles wieder totenstill.

Als die Familie am anderen Morgen in den Dachboden stieg, konnte sie nichts Verdächtiges finden.

Aber etwas anderes hatte sich bei den drei Geistern ergeben.

Es war ja nur noch die Burg Rauhaus übrig.

Damit war klar, dass Baldrian dort das Hausgespenst ist. Dazu brauchte es kein Würfeln mehr.

Baldrian sollte Jahre später noch etwas Besonderes bevorstehen.

Auch die kleine Turmburg am Südende des Tales konnte jetzt von der Familie von Rudolph III. bezogen werden, der sich dann, ab sofort Rudoph I. von Hürnheim-Rauhaus nannte.

So hatte sich die Familie der Hürnheimer in drei Familienlinien ab 1238 aufgeteilt.

Baldrin konnte nun auf Rauhaus einziehen.

Baldrian rückte um Mitternacht seine Möbel zurecht und schwebte danach, mit leisem „A-huuuuaaa" durch die Räume der kleinen Turmburg, einfach so durch die Wand.

Geister brauchen keine Türen.

Er sah die Herrschaft in den Betten liegen. Das Hauspersonal und die freien Wachen sah er ruhen.

Nur ein Wachsoldat saß müde auf einem Stuhl am Tisch in der Wachstube vor einer brennenden Kerze.

Baldrian zog ihn heftig am rechten Ohr. „Auaaa", schrie Hermann der Wachsoldat. „Was soll das?" Er konnte ja auch niemand sehen, der das gewesen wäre.

Gleichzeitig blies Baldrian die Kerze aus. Mit lautem Gekicher verließ Baldrian das Wachlokal und legte sich zur Ruhe.

Hermann, der Wachsoldat, wäre vor Schreck schier vom Stuhl gefallen.

„Wer hat mich am Ohr gezogen? Wer hat die Kerze verlöscht? Wer hat da gekichert und mich ausgelacht?" Da war doch niemand und es gab doch keinen Luftzug? Kein Fenster und keine Tür war offen!

Seine Kameraden hatten im Schlaf von alldem nichts mitbekommen.

Und hätte er ihnen am anderen Morgen davon erzählt, so hätten sie ihn ausgelacht. „Hermann glaubt an Geister", hätte es geheißen.

(1236 waren alle drei Burgen schon von ihrer neuen Herrschaft, mit Wachen und Gesinde bewohnt).

Auf der Burg Niederhaus machte sich über die Jahre Siegfried, das Gespenst, mit vielen Späßen eine Freude. Zum Schrecken der Burgbewohner.

Mal schupste er eine Wache bei ihrem Rundgang in der Vorburg in den Schweinestall und sperrte sie dort ein. Dann ließ er die teuersten Pferde der Herrschaft nachts im Burghof frei laufen und keiner wusste, wie sie dorthin gekommen waren. Dem leicht beschwipsten Burgherrn setzte er sich spätnachts schwer in den Nacken, als dieser über die Zugbrücke nach Hause kam. Der wäre fast vom

Pferd in den Burggraben gestürzt. Und vieles mehr stellte Siegfried an.

Die Söhne von Rudolph vom Niederhaus kannten den Staufer Konradin, den Enkel vom Stauferkaiser Friedrich II. persönlich und gut. Sie hatten ihn auch schon mehrfach in Werth (Donauwörth) auf der Burg Mangoldstein besucht.

Friedrich von Hürnheim-Niederhaus wurde kurz vor dem Kriegszug, den er gemeinsam mit Konradin dem Staufer nach Italien unternahm, mit seiner zukünftigen Braut verlobt.

Danach begab er sich mit seinem Bruder Hermann zu Konradin, von wo aus der Kriegszug bei Augsburg im Spätherbst 1267 begann.

Friedrich kam davon nicht mehr zurück (dies wurde schon zu Beginn dieser Geschichte erläutert).

Danach ist Friedrich als Geist auf das Niederhaus zurückgekehrt, wo er in dunklen Nächten seine Waffen in der Burg schmiedet.

Seine Verlobte geht in hellen Nächten als Geist um und schaut von den Zinnen, ob er nicht doch noch kommt.

Sie hat bei Siegfried eine Bleibe gefunden und wird von Siegfried bewacht, damit ihr nichts zustößt.

Siegfried konnte die beiden Geister aber nie zusammenbringen, da dunkle und helle Nächte nicht zu vermischen sind.

Modell-Niederhaus

Auf der Burg Hochhaus ging es anders zu!

Alberich machte seine Geisterspäße meist bei fröhlichen Feiern im großen Saal, wenn Nachbarn eingeladen waren. Seinem Herr Rudolph und dessen Sohn Rudolph flüsterte er des Öfteren ins Ohr, sie sollten noch prächtigere Feste feiern und lobte ihre Großzügigkeit. Immer wieder schenkte er seinem Burgherrn und dessen Sohn bei Festen gehörig nach. Er trank auch oft selbst mit, bis ihn der Schwindel niederwarf. Oftmals führte er die Gäste auf ihrem späten Heimweg in die Irre.

Als Rudolphus dominus de alta domo verstorben war, trieb es sein Sohn genau so weiter.

So verging auf dem Hochhaus lange eine fröhliche Zeit mit vielen Festmahlen und alkoholischen Getränken aller Art, die es in diesen Zeiten schon gab.

Doch es kam wie es kommen musste!

Der Sohn des Rudolphus dominus de alta domo war sehr bald hoch verschuldet und musste von all seinen Kindern Geld ausleihen, um seine Schulden und Zinsen abzahlen zu können.

Alles wurde fein säuberlich notiert, wer wieviel gegeben hatte.

Mit dem erhaltenen Geld zahlte Rudolph II. vom Hochhaus tatsächlich seine Schulden ganz ab.

Doch Alberich, das Gespenst flüsterte ihm erneut ins Ohr: „Du bist jetzt schuldenfrei. Da kannst du ja wieder große Gelage und Feste feiern!"

Rudolph II. vom Hochhaus wiedersetzte sich diesem Rat nicht und trieb es nun noch schlimmer als zuvor.

Die Folge war, dass sich 1347 neue Schulden erhoben, die er nicht mehr bezahlen konnte.

Von seinen Kindern war nichts mehr zu holen.

Er musste Burg Hochhaus an die Edelfreien von Oettingen - Oettingen, einschließlich der Vogtei über Ort und Kloster Deggingen (Mönchsdeggingen), verkaufen.

Die Oettinger überließen ihm die Burg auf Leiblehen (Miete/Pacht) bis zu seinem Lebensende. Als er 1377 verstarb ging Hochhaus endgültig an die Oettinger über.

Der Geist Alberich stürzte bei der Burgübergabe sturzbetrunken über die Burgmauern und brach sich das Genick.

Die neuen Oettinger Hausherren waren nun Geisterlos.

Ruine Hohaus im Karthäusertal

Hochhaus

Rauhaus

Und was geschah auf Burg Rauhaus?

Baldrian hatte nur ein ganz kleines Zimmer im Dachgebälk des Wohnturms.

Der Wohnturm diente nur der Herrschaft mit ihren Kindern und den wenigen unverzichtbaren Hausbediensteten und 4 Wachsoldaten.

Diese wenigen Menschen im Haus ständig zu bespaßen und zu veralbern machte Baldrian nicht viel Spaß. Er trieb daher seine Geistereien mehr in der Vorburg und bei den sonstigen Untertanen in den paar kleinen Häusern im Tal des Verwalterhofes unterhalb der Burg, da wo heute Christgarten ist.

Er riss die frisch gewaschene Wäsche von den Leinen, schubste die Waschfrauen in den Bach, ließ die Schweine ins Burggärtchen und versteckte dem Zimmermann sein Werkzeug und vieles mehr.

Jeden Tag machte er dort Dummheiten. Er schürte in der Burgküche so nach, dass das Essen anbrannte und schüttete Essig ins Trinken hinein.

Niemand war vor ihm sicher.

Doch auch seine Zeit sollte hier nur befristet sein.

Die Rauhauser hatten zwischenzeitlich 1250 das Johanniterschloss in Erdlingen (Kleinerdlingen) bezahlt und 1252 ihren Gutshof Zimmern in ein Kloster umgebaut, um die Zisterzienserschwestern von der mittelfränkischen Burg Zahelsberg hier im Kloster Zimmern anzusiedeln.

Das Kloster war somit ein Eigenkloster der Hürnheimer und wurde auch als Grablege der Familie genutzt.

So entstand das heutige Klosterzimmern.

Mit Baubeginn der Turmburg Rauhaus vergingen gerade einmal gut 60 Jahre, dann war das Herrenhaus zu klein geworden.

1261 kaufte Rudolf I. vom Rauhaus und sein Sohn Rudolf II. vom Rauhaus, mit seiner Frau Adelheit, die Burg Katzenstein. Der Sohn zog 1261/62 mit seiner Familie ab auf den Katzenstein. Sein Vater verblieb auf Burg Rauhaus und verstarb dort 1264. Rauhaus wurde offen gelassen und von der Herrschaft und der Bevölkerung abgerissen, um anderweitige Dinge zu bauen.

1353 war ebenerdig schon nichts mehr vorzufinden.

Somit blieb Baldrian nichts anderes übrig, als auf den Katzenstein nachzukommen.

Baldrian auf Burg Katzenstein

Auf dem Katzenstein gibt es einen geheimen Schatz, 12 große Truhen mit Golddukaten und Edelsteinen gefüllt. Dieser Schatz muss sicher vor allem Unbefugten bewahrt und bewacht werden. Der Burggeist der Grafen von Westerstetten konnte dies nicht machen, da er viel zu viele Aufgaben in der Burg schon zu bewerkstelligen hatte. Der Schatz, der im Katzenturm, dem Bergfried vom

Katzenstein gelagert sein soll, wird, seit dem Baldrian auf den Katzenstein umgezogen ist, von Baldrian sehr gut bewacht.

Auch als die Hürnheimer die Burg Katzenstein im 14. Jahrhundert an die Grafen von Oettingen-Baldern verkauft hatten und wegzogen, ist Baldrian zur Bewachung des Schatzes geblieben. In der Zwischenzeit hatte die Burg durch Erbschaft unter den Oettingern und später durch Privatverkäufe immer wieder neue Eigentümer, zuletzt die Familie Nomidis-Walter. Und Baldrian bewacht auch bei ihnen bis heute noch den Schatz.

Vielleicht besuchst du auch einmal die Burg Katzenstein. Und vielleicht triffst du auch dort im Katzenturm auf den Geist Baldrian. Solange du nicht nach dem Schatz dort suchst, wird er dir nichts antun.

Und wenn du möglicherweise schon etwas älter bist als ein Kind oder wie ein älterer Jugendlicher kann es gut sein, dass du diesen Schatz in den 12 Truhen nicht dort findest, aber eventuell den „Schatz deines Lebens" triffst.

Selbes könnte dir auch auf der Ruine Niederhaus passieren.

Und wenn die Hürnheimer Geister, außer Alberich noch nicht gestorben sind, so leben sie, wie Baldrian, noch heute.

Burg Katzenstein von Westen

Und so manchmal ist auf der Burg Niederhaus der Hürnheimer Ritter da, der etwas zur Geschichte zu sagen weiß.

Aber besonders auf Burg Katzenstein finden sich mehrfach zu ausgeschriebenen Zeiten viele Ritter zum Tunay und Tjost auf dem Turnierplatz ein. Ebenso Gaukler, Showkampftruppen, Mittelalterhandwerk und Gewandungshändler, Burgbesichtigungen.

Das solltest du dir unbedingt, am besten mehrmals ansehen.

Du darfst dazu auch selbst entsprechend gewandet sein.

Komm – es ist immer ein Erlebnis wert.

Wichtelstein

Vom Wichtelstein im Kartäusertal

Der Wichtelstein findet sich an der Schotterstraße Richtung Karlshof, unterhalb der Ruine Hochhaus, ungefähr 300 Meter weit nach der Forellenbachbrücke, links im direkten Waldrand.

Er ist eine kleine Felswand mit einem nach rechts etwas überhängenden Felsdächlein.

Und – es war einmal ...

Vor etlichen vielen hundert Jahren, als die Menschen im Kartäusertal noch ganz versteckt in Eintracht, Glauben, Liebe und Frieden ihrem Tagwerk nachgingen, kamen nachts die Wichtel aus dem Wichtelstein hervor und gingen den Menschen im Tal zur Hand.

Sie arbeiteten jede Nacht, ohne menschliche Hilfe und ohne gesehen zu werden, in den Mühlen, im

Kloster, auf den drei Burgen und deren Mayerhöfen, sowie in den kleinen Handwerksbetrieben und Landwirtschaften, zum Wohle der Einwohner. Sie mahlten Korn, nähten, webten, drehten Seile, wuschen, strickten, flickten, häkelten und buken allerlei Brot und vieles mehr. Auch die Tiere wurden von ihnen versorgt und das Holz zum Einschüren gemacht.

Die Einwohner des Kartäusertales brauchten nur tagsüber ihr Vieh hüten, im Kloster war viel Zeit zum Beten und Meditieren. Die Herrschaften konnten tagsüber ihrem Jagdvergnügen nachgehen und die Anwohner hatten ein ruhiges Leben.

Niemals hatte auch nur einer die Zwerge gesehen und trotzdem war jeden Morgen der größte Teil der Arbeit gemacht.

Am Morgen waren die Zwerge mit ihrem König wieder im Wichtelstein verschwunden.

So ging es schon undenkliche Zeiten lang.

Als nun der „Bauernkrieg 1525", gefolgt vom „Schmalkaldischen Krieg 1546" und danach der „Dreißigjährige Krieg 1634", im Tal seinen Einzug hielt und dabei überall wilde Horden mordend und brennend durch die Gegend und das Tal tobten, Totschlag, Untreue und Bosheit den Glauben verdrängten, konnten die Wichtel des nachts nicht mehr in Ruhe arbeiten.

Der Zwergenkönig zog sich mit seinen Wichteln auf unbestimmte Zeit tief in den Wichtelstein zurück und verschloss den Eingang.

Bis heute konnte man den Eingang nicht finden.

Die Folge war, dass alles liegenblieb. Tagsüber und oft auch noch in der Nacht konnten die Menschen ihre Arbeit nicht mehr selbst verrichten, da das böse Gesindel der Kriege überall auflauerte.

Alle hundert Jahre kommt in der Nacht der Wichtelkönig aus dem Berg hervor und schaut, ob die Menschen dieser Welt wieder fest im Glauben stehen und in Liebe, Frieden und Ehrlichkeit untereinander leben.

Traurig kehrt er jedes Mal wieder in den Berg zurück, denn die Wichtel dürfen erst zurückkommen, wenn Glaube, Liebe, Friede und Ehrlichkeit die Welt wieder vereint.

Das geht nun schon viele hundert Jahre so. Viele Menschen wenden sich vom Glauben ab. Wo man hinsieht ist Krieg und die Ehrlichkeit, Friede und ein gültiges Ehrenwort lassen schon lang auf sich warten.

Das nächste Mal wird der Wichtelkönig wieder im Jahr 2034 aus dem Berg treten. Das ist dann schon 400 Jahre nach der Schlacht bei Nördlingen 1634, die Schweden gegen die Kaiserlichen. Die Schweden hatten ganz schlimm verloren.

Ob bis dahin Glaube, Frieden, Liebe, Ehrlichkeit wieder die Oberhand auf der Welt erreicht hat, ist eher völlig unwahrscheinlich. Ich kann es mir nicht vorstellen.

Traurig wird der Wichtelkönig wieder in sein unterirdisches Reich im Wichtelstein für die nächsten hundert Jahre zurückkehren.

Die Sage wurde von mir, aus geringen Fragmenten sehr alter Personen, wieder zusammengestellt. Jörg-Reiner Mayer-Karstadt 2024.

Friedbert, das Gespenst vom Stolch´schen Schlösschen

Es war einmal, es ist schon lange her, dass es in Trochtelfingen fünf kleine Burgen gab. Bis auf das heutige Stolch´sche Schlösschen sind alle verschollen.

Seit die kleine Wasserburg ihre Wehrhaftigkeit verloren hatte, wurde sie wohnlicher umgebaut und wurde somit zum heutigen Schlösschen.

Auf einer „Villa Rustica" (römischer Gutshof), die von entlassenen römischen Soldaten gegründet wurde um die Limeswachsoldaten zu versorgen, war es Friedbert zu laut und zu langweilig geworden. Gänse und Hühner zu erschrecken war auch kein Spaß.

Dort wo heute das Stolch´sche Schlösschen steht, befand sich viele hundert Jahre vorher eine römische kleine Wehranlage als Unterkunft für die Soldaten der Limesbewachung.

Und da war es einmal, dass Friedbert, das Gespenst aus der „rätischen Gegend" (aus dem Ries), den Gutshof verließ und dort Einzug hielt.

Auf dieser römischen Wehranlage war es viel interessanter. Von hier aus wurde das Grenzsicherungspersonal für den Limes (Grenzwall gegen die Ureinwohner) täglich ausgetauscht. Es war immer ein Kommen und Gehen. Neuigkeiten wurden hier erfahren, Waffenübungen gemacht, exerziert, erzählt und getrunken. Auch Würfelspiele und andere Spiele wurden gemacht z.B. ein Vorgänger des Mühlespiels.

Die Soldaten waren aus dem gesamten römischen Reich hierher versetzt. Da lernte man neue Länder und Landstriche kennen bei deren Erzählungen.

Auch aus den Herkunftsländern der Soldaten gab es manche interessante Geistergeschichten. Da konnte man noch etwas lernen. Friedbert hatte zudem großen Spaß die Sandalen der Soldaten zu verstecken, ihnen beim Mühlefahren die Spielsteine zu verschieben, beim Exerzieren einen Stecken zwischen die Beine zu halten, dass sie beim Marschieren übereinander purzelten. In die Getränke mischte er Schlafkräuter ein und die Wachsoldaten verschliefen ihren Dienstbeginn und vieles mehr.

Als nun die römische Herrschaft ihrem Ende zuging und die Soldaten um 160 Jahre nach Christi Geburt im Ries von den Alemannen vertrieben wurden, kümmerte sich niemand mehr um die Wehranlage und diese verfiel zusehends.

Friedbert wollte sich schon nach einer neuen Behausung umsehen, als ein paar hundert Jahre später einer die verfallene Wehranlage ausfindig machte und über deren Grundmauern eine neue kleine Wasserburg errichtet hat.

Dies gefiel Friedbert gut und er entschloss sich nun doch zu bleiben. Mal sehen was kommt. Und es wird ja auch wohnlicher werden.

Den Namen des Burgerbauers hat Friedbert im Laufe der Jahrhunderte doch glatt vergessen.

So gingen viele Jahre ins Land und Friedbert weiß nicht mehr alle Familien die auf dieser Burg gesessen haben und die er begeistern konnte. Erst nachdem man bei uns begonnen hatte in der Geschichte aufzuschreiben, erinnert er sich wieder ab dem Jahr 1387.

Die kleine Wasserburg hatte zwischen Brücke und Burgtor noch eine Zugbrücke und sie war in Teilen auch wieder zur Ruine geworden.

Da gab es damals eine Hochzeit zwischen einem Herrn Kuno von Knöllingen mit der Katharina von Emershofen. Diese bekamen die Burg als „Oettinger Lehen."

Das war ein tolles Hochzeitsfest im noch einigermaßen brauchbaren Herrenhaus.

Friedbert band die Pferde los und ließ sie während des Hochzeitsgottesdienstes über die Brücke auf die Wiesen hinaus laufen. In das Hochzeitsessen schüttete er viel Pfeffer hinein, als der Koch gerade anderweitig zu tun hatte.

Friedbert meinte, jeder soll schmecken können, dass sich der Burgherr so ein teures Gewürz leisten kann. Beim Tanz stellte er so manchem Paar ein Bein, dass es ins Stolpern kam und über Stühle und Tische fiel und so manches Glas mit gutem Wein auf dem Boden zersprang. Das war ein Spaß.

Diese Familie hat aber damals, zum Leid von Friedbert, am Zustand der Burg nichts verändert.

1396 kauften dann die „Füchse von Zipplingen", trotz des Einspruchs der Oettinger, die teilweise Ruine von den Knöllingern.

Die Zipplinger bauten die Burg zur Freude von Friedbert wieder auf und er flitzte begeistert durch alle neuen Räume.

Nun hatte er für seine Geistereien viel mehr Platz und die Bewohnerzahl stieg damit auch an.

Da wurde dann von ihm die gewaschene, auf der Leine hängende Wäsche in den Burgwassergraben geworfen. Die Menschen wurden im Schlaf an der Nase gezogen und im Dachstuhl wurde nachts laut gepoltert. Es war eine schöne Zeit.

Und dann stellten die „Füchse von Zipplingen eine „grosze Unthat" an. Um was es genau ging, weiß Friedbert heute nicht mehr, aber es muss schon etwas ganz fürchterlich Schlimmes gewesen sein.

Daraufhin haben die Oettinger ihr Burglehen von den Herren von Zipplingen wieder zurückgenommen.

Als neues Burglehen erhielt die Frau des Fritz von Zipplingen nun die Burg von den Oettingern.

Die hatte nun hier das Sagen!

Mit einer Frauenherrschaft hatte Friedbert bisher nichts zu tun.

Umhergeistern machte trotzdem Spaß. Er schnitt die Betten auf und verstreute die Federn im ganzen Haus. Die Schlafstrohsäcke der Bediensteten wurden von ihm geleert und mit Steinen befüllt. Kleidernähte der „Damen" trennte er auf, so, dass manches zu sehen war, was niemand Fremden etwas anging. Im Hof pinkelte er in den Brunnenkübel mit welchem man das Wasser für die Küche holte. Man könnte noch vieles mehr von seinen Geistereien erzählen.

Um 1516, nach dem Tod des Fritz von Zipplingen, heiratete seine Witwe den Oettinger Landvogt Rudolph Hagk von Hoheneck. Endlich wieder ein schönes Fest, nach dem Leichenschmaus des Fritz von Zipplingen.

Friedrich, der tagsüber ja nicht zu sehen war, verstrubelte auf der Hochzeit den hohen Damen die Haare. Den Herren schnitt er die Hemdknöpfe ab. Die Jackenknöpfe nähte er in den Knopflöchern fest. In die Weinkaraffen goss er Essig. Ansonsten sauste er in der Nacht mit lautem „Huuuuuuhuiiii!", durch die Räume der Burg, durch den Pferdestall und über den Wehrgang, dass die Wachen zu Tode erschraken. Wer schnarchend dalag, dem steckte er zwei bleistiftdicke Holzstäbchen in die Nase. Das Schnarchen hörte auf. Wenn er die Stäbchen wieder herausnahm, ging es wieder los. Das machte auch großen Spaß dies immer zu wieder-holen. Das war eine lustige Nachtmusik.

Der Familie Hagk von Hoheneck wurden zwei Töchter geboren.

Eine davon heiratete den „Heinrich vom Stain zu Diemantstain."

(Diemantstein hat nichts mit Diamanten zu tun, sondern leitet sich ab von einem Vorfahren, dem Herrn Timo vom Stain, der seine Burg auf einem Felsen (Stain) erbaut hatte).

Stolch´sches Schlösschen mit Geist

1552 wird deren Sohn Christoff vom Stain Besitzer des Stolch´schen Schlösschens, welches damals noch gar nicht so hieß.

Der junge Mann hatte bis dahin noch keine Bekanntschaft mit Geistern gemacht und glaubte auch nicht an solche.

Da war es für Friedbert eine besonders große Freude dem neuen Herrn das Gegenteil beizubringen.

Friedbert hatte sich die Hausgeister Siegfried vom Niederhaus und Baldrian vom Katzenstein eingeladen, um den neuen Hausherrn zu feiern.

Schon tagsüber feierten sie mit großem Übermut im ganzen Schlossbereich.

Herrn Christoff vom Stain verpassten sie am Nachmittag eine eiskalte Dusche aus dem Burgbrunnen heraus. Der wusste gar nicht woher das kam. Als Christoff sein Pferd bestiegen hatte und ausreiten wollte, lösten sie ihm heimlich den Sattelgurt und gaben dem Pferd einen heftigen Klatscher auf die

Hinterbacke. Das Pferd machte vor Schreck einen riesigen Satz nach vorn und Christoff fiel mitsamt dem Sattel vom Pferd und landete sehr unsanft auf seinem Hintern. Das gestauchte Steißbein tat höllisch weh. Das Pferd war bereits durch das Burgtor entlaufen.

In der Nacht von 00 Uhr bis 1 Uhr waren die Geister wieder sichtbar. Sie erschienen dem Torwächter Gottfried als wilde, feuerspeiende Drachen vor dem Tor. Und als Gottfried vor Angst nicht öffnete, schlüpften sie einfach durch das Tor hindurch, wie wenn es keines geben würde.

Gottfried rannte im Burghof um sein Leben, bis er wimmernd in einer Ecke hilflos sitzenblieb.

Schlag 1 Uhr war der Spuk vorbei.

Die beiden Geister, Siegfried vom Niederhaus und Baldrian vom Katzenstein bedankten sich bei Friedbert für den amüsanten Tag und entschwanden wieder nach Hause.

Friedbert malte im Inneren des Palases, auf einen Stein der Westwand die Aufschrift: „1553 Christoff vom Stain".

(Das kann man heute noch sehen).

So gab es über die Jahre noch viele Streiche von Friedbert und es gefiel ihm sehr gut auf der kleinen Burg, die inzwischen zu einem schönen, wohnlichen Schlösschen geworden war.

Friedbert war hier zu Hause!

Da kam ihm ein Gedanke: „Ich bleibe so lange auf alle Fälle, bis ein Minnesänger mit Namen „Friedbert von Vogelsang", eventuell ein Nachfahre von Walther von der Vogelweide, hier die Burgherrschaft antritt. Und dann sehen wir weiter.

1641 verkaufte dann der Graf Adam vom Stain das Schlösschen an den kaiserlichen Obristen Heinrich Stolch. Dieser baute den Palas um und Friedbert musste sich erst an die neuen Räume gewöhnen.

Selbst die Zimmer wurden unter den Bewohnern neu aufgeteilt.

Auch der Obrist Stolch hatte das Schlösschen erstmal zu Lehen von den Oettinger Grafen.

1648 wurde das Lehenwesen im Riesgau aufgelöst, und die Stolche waren nun lehenfreie Besitzer ihres Schlösschens.

Seither heißt es auch Stolch´sches Schlösschen zu Trochtelfingen.

Friedbert war auf die Stolche nicht gut zu sprechen.

Vor geraumer Zeit hatten die Stolche einen Gutshof vor der Burg errichtet. Und als das Wohnen im Herrenhaus immer schlechter wurde, sind sie auf den Hof vor der Burg gezogen.

Von da an wurde an der kleinen Burg nichts mehr gemacht.

1871 - 1876 war dann der Franzosenkrieg, wo es nichts zu geistern gab. Überall nur Not, Hunger und Durchzug von Soldaten, Flüchtlingen und Heimat-losen, auch wenn der Krieg mit der Schlacht von Sedan von den Unsrigen gewonnen wurde.

1872 gehörte das Schlösschen immer noch den Stolchen, aber sie wohnten schon sehr lange nicht mehr auf der kleinen Burg.

Nun wurde das Schloss zu Privatwohnungen. Jetzt wohnten hier Menschen mit ihren Familien zur Miete.

Friedbert hatte Kinder gern und er beschränkte sich auf kleine Geistereien. Ein leises Poltern im Dachboden oder Keller. Über Nacht malte er Kin-dergesichter und Märchen an die Wände der

Kinderzimmer und die Eltern wussten nicht von wem und wie das hier geschah.

1880 wurde es wieder interessanter. Die Stolche hatten über der Nordwehrmauer ein Austraghaus für die Altsitzer des Hofes, gegenüber des Herrenhauses am Tor erbaut. Aber sonst machten sie keine großen Baumaßnahmen zum Erhalt der Anlage.

Nachdem die Altsitzer des Hofes im Austraghaus wohnten und die Hofenkel um sich herum scharten, war es wieder geistergemütlich. Die Stolch Großeltern erzählen den Kindern gerne Geistergeschichten, „weil diese zu einer Burg gehören", sagten sie. Und sie hatten den Geist Friedbert irgendwie schon im Verdacht, für das, was da manchmal so alles passierte. Nur gesehen hatten sie ihn noch nie. Sie wussten auch nicht, dass er Friedbert hieß.

Friedbert machte hauptsächlich für die Kinder , lustige Geistereien. Den Großeltern half er eher bei vielen Kleinigkeiten, die sie nicht mehr so gut machen konnten. Und die wunderten sich immer wieder, wie das alles geschah, ohne ihr Zutun.

Immer wieder kam es zu Kriegszeiten mit dem 1. und 2. Weltkrieg. Viele Tote auf allen Seiten, Krüppel, größte Not, kein ausreichendes Essen und Trinken. Flüchtende Menschen, Vertriebene, keine ausreichende Zahl an Wohnungen, um nur einiges zu nennen. Da machte das Geistern keine Spaß mehr und Friedbert zog sich resigniert in sein Dachbodengemach zurück.

Es war nichts mehr los im Haus.

Bis 1961 wurden dann nochmals Flüchtlinge in die schon etwas maroden Räume der kleinen Burg einquartiert. Das waren Menschen, die nur noch überleben wollten. Die meisten hatten ihr Eigentum verloren und kämpften nur um den nötigsten Unterhalt ihrer Familien. Nur wenige fanden Arbeit bei den Bauern und fremd waren sie auch.

Mit solchen Menschen treibt man keinen Schabernack.

Danach wurde es noch stiller im Schloss. Kein Mensch wohnte mehr hier, nur noch Katzen, Mäuse, Ratten und Käuzchen. Manchmal auch eine Schleiereule. Für wen sollte man hier geistern?

Die Tiere verstanden das ohnehin nicht.

Das Schlösschen verfiel zunehmend.

Es gab aber einmal einen jungen Nördlinger Schüler, namens Friedbert Vogelsang, der seine Ferien immer bei Verwandten in Trochtelfingen auf einem Bauernhof verbracht hat.

Dem gefiel das Schlösschen sehr gut und er wünschte sich von klein auf, einmal der Besitzer zu sein. Der Stolch war auch ewige Zeiten nicht bereit das immer mehr verfallende Schlösschen zu verkaufen.

Käufer hätte es genug gegeben. Aber nicht einmal innerhalb seiner Verwandten gab er es her.

Geist Friedbert überlegte schon länger, ob er sein sich selbst gegebenes Versprechen nicht brechen sollte, um sich eine andere Bleibe zu suchen.

Doch plötzlich im Jahr 2016 – keiner hätte es erwartet – da hat der Heinrich Stolch das Schlösschen verkauft.

Und ihr glaubt es nicht an wen!

Zufälle gibts!

An Friedbert Vogelsang, den erwachsenen Mann, der schon als Kind dieses Schlösschen besitzen wollte.

Friedbert das Gespenst, traute seinen Ohren und Augen nicht. Der neue Besitzer hieß „Friedbert Vogelsang!"

Er war allerdings kein Minnesänger und auch kein adeliger Herr mit von und zu, auch kein Nachfahre des Walther von der Vogelweide. Solche gibts halt heute nicht mehr. **Aber der Name passte.**

Alles Andere war für Friedbert egal.

Friedbert, das Gespenst, war außer sich vor Freude. Jetzt kommt endlich wieder frischer Wind ins Haus und dann gibt es auch wieder etwas zum „begeistern!"

Friedbert Vogelsang hatte Architektur studiert und es geschafft, über ein gutes Einkommen zu verfügen. Jetzt hatte er sich einen Traum erfüllt.

In Verbindung mit dem Landesdenkmalamt richtet er Schritt für Schritt das alte Gemäuer wieder her. Ich kann euch nur sagen, es wird ein Prachtstück.

Hochzeiten, Biergarten, Kunst und Lesungen sollen hier stattfinden.

Burgfeste und Weihnachtsmärkte hat es schon mehrfach gegeben.

Friedbert hätte den neuen Friedbert am liebsten so umarmt und gedrückt, dass dieser in Atemnot gekommen wäre.

Am Palas und an der Südmauer hat sich innen schon sehr viel getan, ebenso am Torbau und an der Brücke.

Der Altensitz ist als Ferienwohnung hergerichtet. Auch Toiletten sind bereits eingerichtet.

Die Gastronomie wird weiter ausgebaut werden.

Es gibt noch viel zu tun und ehrenamtliche Helfer sind immer willkommen.

Und Friedbert, das Gespenst wird – wer weiß – die neuen Menschen, die zum Schloss gehören oder dort hinkommen, zu begeistern wissen.

Wartet nur ab.

Ihr werden schon noch sehen und hören.

Kommt zahlreich vorbei, wann immer offen ist.

Die Barbarossa-Sage

(Diese Sage habe ich übernommen, der Autor ist mir nicht bekannt und ich habe nichts darüber heraus gefunden).

Kaiser Barbarossa war auf einem Kreuzzug ins Heilige Land. Auf dem Hinweg ist er beim Baden im Fluß Saleb ertrunken. Sein Leichnam wurde nicht mit nach Deutschland zurückgebracht.

Nachdem nur wenige seinen Tod miterlebt haben, wurde zu Hause im Reich der Staufer eher vermutet, er wäre noch am Leben und käme im geeigneten Moment zurück.

So geht die Sage:

Kaiser Barbarossa schläft in seinem unterirdischen Schloß im Berg Kyffhäuser. Er sitzt dabei auf einem Elfenbeinthron an einem Marmortisch und sein Bart ist in der Zwischenzeit durch die Tischplatte hindurch gewachsen.

Alle 1000 Jahre wird er von einem Raben geweckt. Und wenn er dann feststellt, dass das Deutsche Reich ihn benötigt, wird er zurückkehren.

Eine andere Version der Sage erzählt:

Der Kaiser würde im Berg Kyffhäuser alle 100 Jahre erwachen.

Er winkt seinem Zwerg Alberich zu, der mit ihm im Kyffhäuser ruht.

Er bittet ihn hinaufzugehen und nachzusehen, ob der Rabe noch um seinen Berg fliegt und krächzt.

Wenn das nicht mehr der Fall ist, darf der Kaiser wieder zurückkehren, um Einheit und Frieden zu stiften.

Doch jedes Mal fliegt der Rabe krächzend um den Berg und der Kaiser muss weitere 100 Jahre weiterschlafen.

Wenn sein Bart ganz um die Marmorplatte herumgewachsen ist, wird sich ein stolzer Adler erheben, in die Lüfte emporschwingen und den Raben vertreiben.

Dann erwacht der Kaiser mit seinen gleichfalls verzauberten Getreuen, steigt zur Welt empor in seine Kaiserpfalz Tilleda und wird allenthalben Ordnung schaffen.

(Ursprünglich ging diese Sage auf den Stauferkaiser Friedrich II. zurück, wurde aber im 16. Jahrhundert auf Kaiser Friedrich I. Barbarossa übertragen. Er war 1125 Herzog von Schwaben, 1152 deutscher König und 1155 Kaiser geworden.

Als Kaiser versuchte er die Zentralgewalt des Reiches gegenüber den einzelnen Fürsten zu stärken.

Nachdem er 1190 auf einem Kreuzzug auf dem Weg nach Jerusalem im Fluß Saleb ertrunken war, ließ er sein Werk unvollendet zurück.

Dem mittelalterlichen Menschen, der sich seiner eigenen Macht nicht bewusst war, erschien die einzige Möglichkeit für eine Besserung der Zustände das Erscheinen eines mächtigen, ordnenden Kaisers.

Vor allem sollte dadurch die große Zahl der Fehden (Kleinkriege untereinander) zwischen den Adeligen, die meist auf dem Rücken der Bevölkerung ausgetragen wurden, reduziert werden.

Beide in den obigen Sagen genannten Kaiser hatten dieses versucht, waren aber vor Beendigung ihres Vorhabens gestorben.

Dieses Motiv taucht in den mittelalterlichen Sagen und Legenden immer wieder auf.

Eine ähnliche Legende wird in Großbritannien über König Arthus erzählt, der allerdings mit großer Wahrscheinlichkeit nie gelebt hat,

wenigstens nicht in der Form, wie ihn die Legende beschreibt.

Auch das Motiv der Getreuen, die im Berg mit Kaiser Barbarossa schlafen ist weit verbreitet. Dabei sind es einmal 7 und ein anderes mal 100 Getreue.

Kaiser Barbarossa im Kyffhäuser

Oheimliche Näächt!

Mir ischts als wärs earscht gestig gwea

ond lei moine scho soo laang her.

A weißa Frou diea hanne gseaha.

Am Kirchadura dob ischts gwea,

akkurad om Middrnaacht.

Hat mit dees konfus dau gmacht.

I han ned recht dees glouba gwellt,

dass soo ebbas geit of deara Welt.

Eiskaalt gats mir da Buckl naa

ond i des ned reacht glouba kaa.

Frzehlt hannes em Pedrbauer.

Dean ibrlauft a groaßer Schauer.

Er seid: „Diea - hanne au scho gseaha.

Of dr Friedhofsmaur dob ischts gwea.

I haus glei Koim ned saga gwellt.

Nau hoißts: „Jetzt spennt wohl d ganza Welt

samtam Pederbauer noo drzua.

Dau hascht em Dorf nemme a Ruah!

I gloob em Friedhof, dau beim Adlsgrab

ischts raus dau ondram Epitaph.

Mit fuirig Ooga, schtrubbig Hoor

ischts romdanzt om da Kirchchor.

Wars bei dir au om Middrnaacht?

I hau mr schier en d Hosa gmacht!"

Nau - war a baar Däg laang nix gwea!

Auf oiml hannes lei meah gseaha.

Wo ganz wo andrscht, ma gloobts net,

war dees fr mi a riesa Gfredd.

Om Middrnaacht em Schloss ganz doba

ischts hentr de Gardiena gfloga.

A Weedschtoaß ischt mr ens Gnack nei gfahra. Mi
hot lei gschiddlt ond lei gfrora.

An kalte Hauch dean hanne gschpiert

wos an mr ischt vrbeigmarschiert.

Zom Friedhof nom, - es war grad Oins,

au wannes nemme reacht so woiß.

Dr Pedrbauer war sel mit mr gwea,

i gloob, der hats Geschpenscht au gseaha.

Ond zfriha - soo - gega halbr Acht,

benne mit deam zsamm enam Graba aufgwacht.
Dr Birgamoischtr hat oos zwea

em Graba flackat liega seaha.

Verzehlt hands mir eahm mitanand.

Er seit: „ Mit ui ischt dees a Schand.

Wenn ui net sovl saufa dätat

ond hoimgau net a soo vrschpätat,

nau dät ui soebas net voargaugla.

Ond besser wär´s, ui dätat net sovl saufa!

Gand hoim, de Alt werd ui scho richta

ond ausdreiba diea domme Gschichta.

Mit ui hat ma ds ganz Jauhr Mallheur,

zlescht braucht ma au no d Fuirwehr!"

Mir handam Bessrong vrschprocha

od sen mitanand nau hoimwärts gkrocha.

De Alt hat a reachts Grassl gmacht!

Wer woißts?

Wieas weard en deara Naacht?

Haunsheim mit Gespenst

Mei Lung und mei Leabr!

In einer Zeit, als ich noch kein Ritter, sondern noch ein Knappe von 12 oder 15 Jahren war, so genau weiß ich es auch nicht mehr, also vor ungefähr 850 Jahren, hat sich folgende Begebenheit wirklich zugetragen!

Im hohen Mittelalter vor ungefähr 850 Jahren lebten in einem kleinen Dorf zwei arme Leute.

Sie waren als Tagelöhner tätig und hatten dadurch nur ein ganz geringes Auskommen.

Gerade so viel, dass es für das Wohnen und Leben knapp reichte und zum Unterhalt einer Ziege, von welcher sie die Milch hernahmen.

Eines Tages, an einem Samstagnachmittag, sagte die Frau zu ihrem Mann: „Gotthelf, morgen wollen wir uns ausnahmsweise einmal ein gutes Sonntagsessen bereiten. Hier hast du meine letzten Kreuzer, gehe zum Metzger in die Stadt und hole uns eine Lunge und eine Leber, zu mehr wird es wohl nicht reichen. Es ist jedoch mehr, als wir uns das ganze Jahr über sonst leisten können!"

Gotthelf nahm das Geld und ging los das Essen zu beschaffen. Am Hinweg zur Stadt kam er vor derselben am Stadtgalgen vorbei, wo am Vormittag ein Bösewicht erhängt worden war.

Wie er ihn am Vorbeigehen so hängen sah dachte er sich: „Der hat es überstanden. Der hat es gut. Der braucht sich um den täglichen Unterhalt keine Sorgen mehr machen, so wie es bei uns alle Tage ist!"

Stadt u. Galgen

Kurz drauf erreichte er das Stadttor, erhielt Einlass und stapfte durch den Unrat, der auf der Straße lag, der Stadtmitte zu.

Just, wie er nach einer Metzgerei Ausschau hielt lacht ihn ein Wirtshausschild an worauf stand: „Zum goldenen Ochsen"!

Geraume Zeit stritt er mit sich selbst, ob er dort hinein oder zum Metzger gehen sollte. Er war noch nie in einem Wirtshaus gewesen.

Solche Besuche war er nicht gewohnt, da er sich das eigentlich nie leisten konnte.

Das Geld war halt schon recht knapp bemessen.

Er seufzte und sagte zu sich: „Dann fällt die Portion Lunge und Leber eben etwas kleiner aus. Der Frau sage ich, dass es eben sehr teuer war!"

Daraufhin betrat er das Wirtshaus.

Zögernd wollte er sich an einen Nebentisch setzen als ihm vom Herrentisch her einer zurief: „Komm, setz dich zu uns und erzähle uns, wo du herkommst und was es Neues gibt. Dich haben wir hier noch nie gesehen."

Bis er sich recht versah, saß er am Herrentisch und ein Glas Wein gab das andere und die Zeit verging wie im Flug.

Ganz erschrocken fuhr er gegen 10 Uhr nachts in die Höhe, sagte den Herren, „dass er noch einkaufen müsse. Er hätte noch eine dringende Besorgung zu machen!"

Und wenn ihm nicht noch einer der Herren bei seiner Zeche dazugezahlt hätte, wäre er als Zechpreller von der Stadtwache in den Hungerturm gesperrt worden.

Unter großem Gelächter ließen sie ihn ziehen. Sie hatten sich mit ihm einen Spaß gemacht.

Als er nun vor die Metzgerei kam, ohne Geld und so spät abends, musste er feststellen, dass dort alle schon zu Bett gegangen waren.

Er weckte den Metzger, welcher ihm unwirsch zu verstehen gab: „So eine Störung meiner Nachtruhe ist unerhört, da habe ich gar kein Verständnis dafür. Und überhaupt, einem Taugenichts ohne Geld gebe ich ohnehin nichts mit!"

Traurig und mit schlechtem Gewissen, den Nachtwächter noch grüßend, durfte er gerade noch durch das Stadttor hinausschlüpfen.

Dann schob die Torwache hinter ihm den Riegelbalken vor.

Nun stand er einsam am Beginn seines Heimweges. Mit gesenktem Kopf ging er Schritt für Schritt vor sich hinsehend in Richtung Heimatdorf.

Der Mond verschwand kurz hinter einer Wolke und als er wieder hervor kam, hob Gotthelf den Kopf, um zu sehen, ob er noch auf dem rechten Weg sei.

Da stand er doch direkt vor dem Galgen, wo der Gehängte leise im Wind baumelte.

Gotthelf grauste es gewaltig und er wollte eigentlich nur fort von diesem unheimlichen Ort. So schnell wie möglich verschwinden. Doch irgendwie hielt es ihn zurück.

Wie wenn ihm jemand in seinem Inneren etwas einsagen würde: „Wenn du diesem armseligen Toten jetzt die Lunge und Leber herausnimmst, dann sind die Sachen noch nicht schlecht. Und wenn du dann deiner Frau nichts davon sagst, wird sie meinen es wäre von einem Schwein. Und den Wirtshausbesuch bräuchtest du ihr auch nicht beichten. Zudem braucht der Gehängte die Sachen sowie nicht mehr und die würden bloß später von den Raben gefressen."

Nach kurzem Zögern und mit zittrigen Händen und schlotternden Knien schnitt er dem Toten mit seinem Taschenmesser Lunge und Leber heraus, wickelte alles in sein Wandertuch und rannte damit von Angst erfüllt und mit schlechtem Gewissen nach Hause.

Heilfroh war er als die Haustür hinter ihm zuschlug und ihm nichts passiert war.

Am Sonntagmorgen bereitete die Frau das Festessen für den Mittag zu. Sie war begeistert von der guten Ware und dem guten Geschmack.

Sie wunderte sich nur, dass Gotthelf davon fast nichts aß und sich irgendwie sonderlich benahm.

Doch weil es ihr gar so gut schmeckte, aß sie alles bis auf den letzten Rest auf.

Gotthelf vergaß über den Tag das Essen und wo es her kam und sie gingen beide abends müde ins Bett. Nebeneinander schliefen sie ruhig ein.

Doch plötzlich, nachts Schlag 12 Uhr rasselte es wie Ketten in der Stube. Die Schlafzimmertür sprang auf und der Erhängte trat herein, weckte Gotthelf und sprach:

„Mei Lung und mei Leabr! Mei Lung und mei Leabr! Gib sie mir bis morgen vor der Geisterstunde zurück!" Und dann war er wieder verschwunden.

Gotthelfs Frau hatte nichts mitbekommen.

Gotthelf hatte Todesängste ausgestanden und wusste nun nicht was er machen sollte.

Mit seiner Frau getraute er sich nicht darüber zu reden. Anderntags schlachtete er die magere Ziege, worüber seine Frau fast das Verständnis verlor.

„Gotthelf, bist du von Sinnen?", rief sie. „Jetzt haben wir, wenn uns hungert nicht einmal mehr die Milch von der Ziege. Das Fleisch lässt sich im Sommer auch nicht aufheben und wird schlecht!"

Gotthelf gab keinen Ton von sich, nahm Lunge und Leber der Ziege in sein Wandertuch und machte sich auf in Richtung Stadt, dem Galgen zu.

Als er dort ankam schaukelte der Erhängte leicht im Wind, ein Rabe flog vom Galgen weg und es sah alles so aus, als wäre der Erhängte niemals weggewesen und nur die Raben hatten schon mit ihrem Werk begonnen.

Gotthelf blickte sich kurz um und als er niemand sah, steckte er kurzentschlossen Lunge und Leber in den Toten zurück.

Irgendwie war er froh, dies geschafft zu haben und er lief voller Angst und doch irgendwie guten Mutes nach Hause zurück.

„Jetzt hat er wieder Lunge und Leber und wird mich doch dann hoffentlich in Ruhe lassen. Nochmal möchte ich so eine Begegnung nicht mehr haben."

Des Abends verriegelte er die Türen besonders gut und sie gingen beide zu Bett und schliefen ein.

Pünktlich um Mitternacht knarzten die Türen im ganzen Haus. Die Schlafzimmertür sprang auf und Gotthelf saß mit gesträubten Haaren im Bett und starb schier vor Angst. Seine Frau schlief ruhig weiter.

Der Gehängte trat zu ihm ans Bett und sprach:

„Mei Lung und mei Leabr! Mei Lung und mei Leabr! Gib mir mei Lung und mei Leabr zurück.

Du kannst mich nicht mit falschen Innereien täuschen. Wenn du das bis morgen vor Mitternacht nicht tust, wird dir Schlimmes wiederfahren!"

Die Turmuhr der Dorfkirche schlug 1 Uhr und der Spuk war vorbei.

Am andern Morgen wunderte sich seine Frau, dass Gotthelf über Nacht total graue Haare bekommen hatte und überhaupt kein Wort mehr von sich gab.

„Du wirst doch nicht gar krank werden. Wer soll dann unser Brot verdienen", sprach sie.

Gotthelf gab ihr keine Antwort und war den ganzen Tag still und betrübt.

Am Abend schloss er noch sorgfältiger die Türen und verriegelte besonders gut die Fensterläden. Dann ging er zähneklappernd neben seine Frau zu Bett.

Jetzt machte sich seine Frau erst recht Sorgen um Gotthelf. So hatte sie ihn noch nie erlebt.

Gotthelf traute sich immer noch nicht ihr etwas zu sagen.

Seine Frau schlief sehr unruhig. Gotthelf brachte kein Auge zu. Mit Zittern wartete er auf den Zwölfuhrschlag vom Kirchturm.

Und dann - geschah es!

Mit dem letzten Glockenschlag ging ein Heulen und Krachen durch das ganze Haus, die Türen wurden knallend aufgesprengt und die Fensterläden wurden herabgerissen.

Der Gehängte betrat mit feuersprühenden Augen in das Schlafgemach.

Gotthelf und seine Frau saß kreidebleich und bibbernd in ihrem Bett, die Decken bis zum Kinn hochgezogen.

Und bei jedem Schritt den dieser böse Geist dem Bette näher kam sprach er:

„Mei Lung und mei Leabr!

Mei Lung und mei Leabr!"

Er beugte sich mit jedem Schritt weiter nach vorn und wurde zudem immer gefährlich leiser.

„Mei Lung und mei Leabr!"

„Mei Lung und mei Leabr!"

„Mei Lung und mei Leabr!"

Das flüsterte er nur noch mit einem eiskalten Hauch in der Stimme.

„Mei Lung und mei Leabr!"

Und er ergriff die Bettdecke von Gotthelf und riss sie weg.

„Mei Lung und mei Leabr!"

Und die Kirchturmuhr schlug 1 Uhr und der Spuk verschwand auf nimmer wiedersehen!

Nie wieder habe ich seither solches mehr gehört!

Quellenangaben

Gedruckte Quellen:

- Kinderreimbuch, Jugendbücherverlag 1912
- Edgar Elen Poo, Diogenesverlag 1956
- Historische Waffen u. Rüstungen 8.-16- Jhd.
  Orbis-Verlag
- Krieger, Kämpfer u. Soldaten, Weltbild 2012
- Kriegskunst im Mittelalter, Weltbild 2008
- Sagen im Ries, Schlund, Höpfner und
  Dettweiler.
- Rieser Sagen, Dettweiler, Schlund
- Geschichte des Stolch´schen Schlösschens
- Mittelalter, Strategie und Kriegskunst, 2008
  Brandenburgisches Verlagshaus SIEGLER
- Die Ruinen im Kartäusertal und Burg
  Katzenstein, J.-R- Mayer-Karstadt 2012

Ungedruckte Quellen:

- Die Kesselquelle

- Fürstliche Archive Oettingen-Wallerstein und

  Oettingen-Spielberg, Harburg

Bilder:

- Helbing Stefan
- Funk Claus
- Feste Coburg, Mittelalterausstellung 2024
- Kinderreimbuch, Jugendblätterverlag 1912
- Historische Waffen u. Rüstungen 8. - 16. Jhd. Orbis-Verlag
- Krieger, Kämpfer und Soldaten, Weltbild 2012
- Kriegskunst im Mittelalter, Weltbild 2008
- Barbarossa im Kyffhäuser. Bild aus: Sagen, Mythen und Legenden aus dem Harz - Band 4, Ausg. 7.12.2012, Bild von Lisa Berg.
- Die Rüstkammer, G&S-Verlag 2009
- Brandenburgisches Verlagshaus Siegler 2008 Mittelalter, Strategie und Kriegskunst
- Altes gemaltes Schild (Urheber unbekannt). Text: Zutritt nur für: Elfen, Zauberer, Einhörner,

Feen, Hexen, Kobolde, Meerjungfrauen &
Drachen!

- Harald Metz

- eigene Bilder, J-R. Mayer-Karstadt

In eigenere Sache

Jörg-Reiner Mayer-Karstadt Buchautor:

- Die Ruinen im Kartäusertal und Burg Katzenstein (Eigenverlag vergriffen)

- Gschichtla os am Dorf (Eigenverlag, schwäb. Mundart). Beim Autor erhältlich

- Erich das kleine Gespenst. Donautonverlag Forheim, ISBN: 978 3 91057604 9 im Buchhandel und beim Autor erhältlich.

- Die Kessel. Ein kleiner Fluss in einer reizvollen Landschaft voller Geschichte. BoD-Verlag ISBN:97837583681093. Im Buchhandel und beim Autor erhältlich.

- Von Rittern, ihren Waffen, Sagen und Geschichten. BoD-Verlag,

Im Buchhandel und beim Autor erhältlich.

Zum Zeitpunkt der Veröffentlichung dieses Buches in Vorbereitung:

- Dr alte Baaschtr vrzehlt, (Rieser Mundart)

- Gedichte und Kurzgeschichten von Jörg-Reiner Mayer-Karstadt

Dichterlesungen auf Bestellung!

Gästeführer bei der Stadt Nördlingen im Außenbereich im Ries:

- Ruine Niederhaus im Kartäusertal

- Historisches Kartäusertal

- Schlacht bei Nördlingen 1634

- Ofnethöhlen, Villa Rustica, Alte Bürg

Gästeführungen im Kreis Dillingen:

- Michelsberg bei Fronhofen (OT v. Bissingen)

- Kirchenführung in der Laurentiuskirche

in Unterringingen, OT von Bissingen

Siehe auch im Internet:

www.schwaben-joerg.de

Dozent bei den Volkshochschulen:

- Nördlingen / Oettingen

- Dillingen / Don.

- Lauingen Donau - Zusam